Tres
Genias
en la
magnolia

ANTONIO DAL MASETTO

Tres Genias en la magnolia

SUDAMERICANA
JOVEN
NOVELA

Dal Masetto, Antonio
    Tres genias en la magnolia - 1ª ed. - Buenos Aires : Sudamericana, 2005.
    256 p. ; 21x14 cm. (Sudamericana joven)

    ISBN 950-07-2651-3

    1. Narrativa Argentina. I. Título
    CDD A863

Segunda edición y primera en esta colección: julio de 2005

IMPRESO EN LA ARGENTINA

Queda hecho el depósito
que previene la ley 11.723.
© 2005, Editorial Sudamericana S.A.®
Humberto I 531, Buenos Aires.

© Antonio Dal Masetto, 2005

ISBN 950-07-2651-3

www.edsudamericana.com.ar

Agradezco
a Daniela
a Oscar
por la hospitalidad

Capítulo 1

Las llamaban las tres mosqueteras porque andaban siempre juntas. Juntas en la escuela, juntas en los cumpleaños, juntas en el cine, juntas en los carnavales, juntas en los juegos de la plaza, juntas patinando en las calles asfaltadas, juntas haciendo compras en el mercado, juntas corriendo en bicicleta. En fin, las tres mosqueteras. Sus nombres: Leticia, Valeria y Carolina. Las tres tenían once años. Cuando algo les salía bien y estaban satisfechas se calificaban a sí mismas de genias.

—Silencio absoluto que va a tomar la palabra la supergenia Carolina —anunciaba Carolina.

—Abran paso que acá llega la supergenia Valeria —advertía Valeria.

—En este preciso momento, ante ustedes, la supergenia Leticia —proclamaba Leticia.

Caro tenía vocación de artista. Concurría a un taller de dibujo y pintura. Estudiaba piano. Llenaba cuadernos con historias que inventaba todo el tiempo. Quería ser una pintora famosa. Quería ser concertista y compositora. Quería colmar la vida de la gente de música y de colores y de relatos fantásticos.

La aspiración de Vale era ser una gran médica, recorrer los países pobres del planeta y salvar vidas y aliviar el dolor del mundo, sobre todo de los niños. Leía biografías de los médicos famosos de la historia de la humanidad.

En cuanto a Leti, desde muy pequeña, siempre que le preguntaban qué deseaba ser cuando fuera grande, contestaba:

—Un pájaro.

El rastro rosado de una cicatriz le cruzaba la sien derecha: consecuencia del arañazo de un gato. Cuando Leti contaba cinco años de edad su gato había atrapado un pájaro en el jardín de la casa. Lo tenía en la boca. Ella trató de que lo soltara, sin conseguirlo. Entonces tomó al gato por la cabeza con ambas manos y le clavó los dientes. El gato mordía el pájaro, ella mordía el gato. Ahí vino el zarpazo. Desde entonces había seguido con su cruzada en favor de los pájaros. Si veía uno enjaulado, no importaba dónde fuese y de quién fuese, se desesperaba y no descansaba hasta encontrar la forma de liberarlo. Y seguía repitiendo que su aspiración era ser pájaro.

El ciclo escolar acababa de terminar y ahora las genias se juntaban mañana y tarde, y se iban a dar vueltas por las calles del barrio. El barrio se llamaba Los Aromos. Estaba dividido en Los Aromos Este y Los Aromos Oeste, aunque no existía una frontera precisa. La zona este era una franja de construcciones más o menos reciente, casas con ciertas pretensiones, en general de planta baja y primer piso, grandes ventanales, balcones, jardincitos cuidados al frente. De ese lado vivían las genias. Pero el auténtico y viejo Los Aromos era el de la zona oeste, muchísimo más extenso que el de la zona este. Era allá donde se desarrollaba toda la actividad social y comercial. Allá estaban el mercado, los negocios de ropa, las peluquerías, las farmacias, los bares, las dos escuelas, la plaza, la biblioteca, el cine, la comisaría, la iglesia, el club, los talleres. A medida que se desgranaba hacia el oeste el barrio se iba volviendo más humilde, y llegando cerca del arroyo se diluía en unos descampados sin vegetación con unas últimas miserables viviendas aisladas.

A la altura del sector que se podría definir como centro comercial —y casi marcando un punto de referencia para la imaginaria línea divisoria de este y oeste— estaba la casona estilo colonial, con el gran parque que ocupaba unas cuatro manzanas y que intrigaba mucho a las genias. Al parque lo rodeaba un muro alto y hubiesen querido trepar alguna vez para espiar hacia adentro. El matrimonio que vivía en aquella casona eran los pudientes del barrio, gastaban apellidos ilustres y se los miraba con respeto. Al tipo le decían el Coronel. Era un hombre bajo y algo encorvado, que rengueaba y usaba un bastón con mango de plata. Se comentaba que la renguera era consecuencia de una herida recibida en batalla. Aunque lo cierto es que nunca se supo y nadie hubiese podido decir, por más que se analizaran los acontecimientos de los últimos veinte, treinta o cuarenta años, en qué batalla pudo haber participado el Coronel. Las nenas lo conocían bastante porque en las fechas patrias era el invitado especial para pronunciar los discursos en el colegio. Las suyas eran unas disertaciones interminables, exaltadas y tediosas. En esas oportunidades se aparecía de uniforme militar con varias medallas colgadas del pecho. A su esposa la gente la llamaba la Mariscala. Una mujer tirando a alta, de contextura robusta, teñida de rubio. Era presidente de la Sociedad de Fomento, de la Asociación Amigos de la Biblioteca, de la Asociación de Madres y de cuantas asociaciones funcionaban en Los Aromos. De tanto en tanto la Mariscala vestía traje de amazona y salía a dar una vuelta y a pavonearse por las calles del barrio montada en un caballo blanco. A las genias no les caían nada bien esos dos personajes. En realidad los detestaban.

La cuestión es que cuando salían de sus casas para vagabundear un rato siempre rumbeaban hacia el oeste. Por allá abundaban los chismes y a las genias les gustaba chismosear. Se entretenían espiando a través de las ventanas y deteniéndose a escuchar las charlas en las puertas de los negocios. Hacía apenas una semana, en uno de los puestos de verduras del mercado, habían visto a dos mujeres tirarse de los pelos, arañarse e insultarse usando unos términos realmente novedosos. Eso había sido interesante. En una esquina, frente a un bar, habían presenciado una pelea entre tres hombres. Los tres apenas podían mantenerse en pie por todo lo que habían tomado. No era una gresca de dos contra uno. Cada cual peleaba por las suyas. Así que de pronto se daba la situación de dos coincidiendo en castigar juntos al tercero y de inmediato pasar a fajarse entre ellos y entonces el otro aprovechaba para tirar sus trompadas contra el que tenía más a mano. En aquella confusión lo que sobraba eran blancos disponibles para pegar. Los tres iban al suelo todo el tiempo, a veces debido a los golpes que recibían y otras por el envión de los golpes que ellos mismos lanzaban y erraban. Se enderezaban como podían y volvían a la pelea. Aquel entrevero era como un número circense protagonizado por unos payasos de trapo. También eso había sido interesante.

Si algo abundaba en las calles eran las sorpresas. De todo tipo. A veces ocurrían cosas que no hubiesen podido ubicarse dentro de la categoría de interesantes. Hechos que impresionaban a las genias dejándoles un gusto amargo y les daban mucho que pensar y las obligaban a hacerse preguntas nuevas. Por ejemplo, recientemente, habían presenciado, junto con numerosos vecinos, el desalojo de una familia que había sido sacada por la fuerza de su vivienda. Las pertenencias estaban amontonadas en la calle.

La madre había permanecido todo el tiempo sentada en una silla en la vereda, inclinada hacia adelante, tapándose la cara con las manos, rodeada por los hijos, dos nenas y un varón, que no se desprendían de ella. El padre iba de un extremo al otro de la cuadra como un poseído. De tanto en tanto se pegaba puñetazos en la cabeza. Al anochecer habían cargado todo en un camioncito y se habían ido vaya a saber dónde. Las genias habían quedado especialmente turbadas porque a las dos nenas las conocían ya que concurrían a su mismo colegio. En realidad, éste no era el primer desalojo al que habían asistido últimamente. Hubo otro unos quince días antes. En ambos había intervenido la policía y las escenas habían sido violentas y desgarradoras. El que daba órdenes era el dueño de la inmobiliaria, el licenciado Méndez, un tipo menudo, oscuro y repulsivo, que siempre hacía pensar en un escuerzo. Y había habido un tercer caso, que culminó en tragedia. La pareja de ancianos que habitaba la vivienda, ante la inminencia del desalojo, se había encerrado y había ingerido veneno para ratas.

Capítulo 2

En una de sus caminatas, las genias habían ido a ver por segunda vez la casa donde se habían envenenado los dos ancianos. En el portoncito de entrada al jardín habían colocado una cadena y un candado. Adentro quedaban algunos testimonios de la vieja actividad: dos reposeras juntas bajo el alero, una manguera de riego abandonada en el pasto, un rastrillo apoyado contra un limonero. Todo estaba muy quieto, congelado como en una foto. El único movimiento era el de la veleta con forma de gallo que giraba desganada sobre el techo. Las nenas se quedaron un tiempo observando aquel sitio lúgubre y mudo. Fue ese día, mientras regresaban, cuando al dar vuelta una esquina se toparon con la mujer de los cachorros.

Frenaron en seco y Leti, que iba al medio, tomó de los brazos a las dos amigas y dijo:

—¿Están viendo lo que yo veo?

—Estoy viendo —dijo Vale.

—¿De dónde salió? —dijo Caro.

La mujer venía avanzando por la vereda con pasos lentos, frente a la fiambrería Don Luciano, de la que tal vez acabara de salir. Era alta y extraordinariamente flaca. Tenía la piel de la cara surcada por una infinidad de finas arrugas verticales. Los ojos eran muy claros. La boca mantenía una mueca permanente que podría ser un esbozo de sonrisa. Difícil tratar de adjudicarle una edad. Llevaba un largo vestido o delantal abrochado delante, que en algún momento había sido azul y que ahora era como un cielo de un día nublado, con tonalidades indefinidas y zonas claras y oscuras y también innumerables remiendos. En la cabeza lucía un sombrerito cuyos colores originales hubiese sido inútil tratar de rastrear y que debió estar de moda hacía muchísimos años. Los zapatos eran de medio taco y la mujer se desplazaba sobre ellos con cuidado y pericia, aunque todo el tiempo, con cada paso, daba la impresión de que en su cuerpo alargado algo fuese a quebrarse. Del brazo izquierdo le colgaba una cartera negra. Pese a la pobreza de su vestimenta, la señora transmitía una imagen de gran pulcritud.

El vestido tenía por lo menos seis enormes bolsillos. De los bolsillos asomaban las cabezas de seis cachorros de pocas semanas de vida. Adornada como un árbol de Navidad con esas cosas vivas e inquietas, la mujer resultaba realmente extraña.

Las genias fueron a su encuentro y la interceptaron.

—Disculpe —dijo Vale señalando los cachorros—, ¿podemos ver?

La señora no dijo ni sí ni no. Se detuvo.

—¿Podemos tocarlos? —dijo Caro.

La señora asintió con un movimiento de cabeza y las nenas acariciaron los cachorros.

—Me gusta éste —dijo Caro.

—A mí éste —dijo Vale.

La señora esperaba mirando al frente, por encima de las nenas. Los ojos eran como un velo de agua.

—¿De qué raza son?

La señora habló por primera vez:

—Raza internacional.

Tenía un acento raro, quizá fuese extranjera.

—¿Los regala? —preguntó Leti.

—Algunos voy a tener que regalar. No puedo alimentarlos a todos —contestó.

Leti, Caro y Vale se miraron y supieron que las tres estaban pensando lo mismo.

—Vivimos acá nomás, por qué no nos acompaña, así pedimos permiso para quedarnos con un cachorro cada una.

La mujer aceptó con un gesto. Habían andado un par de cuadras cuando por el cielo pasó un avión. La mujer se detuvo de golpe. Sus manos se crisparon sobre la tela del vestido y su cuerpo comenzó a temblar. Era un temblor leve pero no cesaba. Las nenas la miraban sin entender y sin saber qué hacer. Permaneció así, paralizada, mientras se percibió el zumbido en el cielo. Desaparecido el avión, reanudó la marcha como si no hubiera pasado nada.

Primero fueron a la casa de Leti, que era la que estaba más cerca. Vale y Caro se quedaron en la vereda, con la mujer. Leti entró corriendo, llamando a su madre a los gritos.

—¿Qué pasa? —le contestó la madre desde el living.

—Hay una señora que regala unos cachorros.

—¿Cachorros?

—La señora está en la puerta.

—¿Cachorros? —repitió la madre.

Estaba viendo una telenovela y no quería ser distraída.

—Quiero uno.

—Un cachorro —dijo la madre, hablando para sí misma, atenta a la pantalla.

—Sí, un cachorro.

—Hay que consultarlo con tu padre.

El padre de Leti solía ausentarse unos días al mes por cuestiones de negocios y en ese momento se encontraba de viaje.

—Tiene que ser ahora. La señora se va.

La telenovela estaba en un momento culminante y la madre trató de cortar por lo sano.

—Cuando vuelva tu padre.

—Me prometieron que me iban a regalar uno.

—Basta.

—Me prometieron.

La madre ya no contestó.

—Me prometieron —insistió Leti.

Repitió lo mismo media docena de veces, subiendo el tono de voz, sin obtener respuesta.

—Maldición —dijo golpeando el piso con la suela de la zapatilla.

La madre seguía sin reaccionar.

—Maldición, maldición —repitió Leti.

Llegó la tanda publicitaria, la madre se dio vuelta y la miró fijo.

—Me lo prometieron —volvió a decir Leti, ahora en voz baja.

Hubo un silencio prolongado en que se estuvieron midiendo con la mirada.

—¿Quién lo cuida después? —dijo por fin la madre.

—Yo lo cuido —gritó Leti y salió disparando porque había interpretado la pregunta de su madre como un consentimiento.

Llegó a la vereda y, con cuidado, sacó de uno de los bolsillos de la mujer el cachorro que había elegido. La mamá de Leti apareció en la puerta y se quedó ahí mirando la escena. Luego entró porque se estaba terminando la tanda publicitaria en la televisión.

Vale llamó por teléfono a su propia madre. La negociación fue dura. El gran argumento de Vale era:

—A Leti la dejaron, ¿por qué a mí no?

Leti estaba junto a ella. Vale le pasó el teléfono un par de veces.

Aquello duró un buen rato. Por fin la madre otorgó la autorización y Vale salió gritando:

—Me dijeron que sí.

Tomó su cachorro y hubo gran alegría.

Le pidieron a la mujer que esperara un minuto, apenas un minuto más.

Le tocó el turno a Caro. Llamó a su casa pero sólo se encontraba la abuela.

La madre era profesora en un colegio secundario, en otro barrio, ese día estaba tomando exámenes y todavía no había regresado. El padre trabajaba en un estudio de abogados en el centro de la ciudad. Caro decidió intentar primero con el padre porque suponía que ése sería el camino menos difícil. Fue una buena elección porque el padre se encontraba ocupado atendiendo a un cliente, y probablemente para terminar rápido con las súplicas de Caro dio el consentimiento sin muchas vueltas.

Caro corrió a la vereda y de nuevo hubo gran alegría.

Pasó otro avión, en sentido contrario al anterior. Había un aeropuerto no muy lejos, más allá del arroyo. En la mujer se produjo el mismo fenómeno de antes y comenzó a temblar. El avión se perdió.

Entonces la mujer, recuperada, las sorprendió con la siguiente frase:

—Pero para dejarles los cachorros tengo que imponer una condición.

Las nenas se alarmaron un poco:

—¿Qué condición?

La mujer explicó que en algún momento seguramente sentiría ganas de volver a ver a sus perros y quería que las nenas le hicieran una promesa: que cuando llegara ese día, le permitirían visitarlos.

—Por supuesto, puede venir cuando quiera —dijo Leti.

Vale y Caro asintieron también.

—Son mi familia —dijo la mujer acariciando las cabezas de los cachorros.

Pidió que le anotaran las direcciones de las tres. Leti fue a buscar una lapicera y papel.

—Le anoto las direcciones y los teléfonos.

La mujer guardó la hoja en uno de sus numerosos bolsillos.

—Entonces quedamos de acuerdo —dijo.

—De acuerdo —contestaron las tres.

Antes de marcharse la mujer se presentó:

—Mi nombre es Ángela.

Se despidió y las chicas se quedaron mirándola alejarse, cuidadosa con sus zapatos de medio taco, hasta que dobló la esquina.

Capítulo 3

Al fondo del jardín de la casa de Leti había una magnolia. Era un árbol hermoso, alto y solemne. Por encima de las primeras ramas, a unos tres metros y medio de altura, el padre de Leti había construido una plataforma de madera. Se subía por una escalera de soga que luego se podía retirar desde arriba. La tarima era bastante amplia como para que pudieran estar cómodas, sentadas o acostadas boca arriba, que era la posición que más les gustaba.

Desde la magnolia lo que sucedía abajo se apreciaba de otro modo. Había una gran diferencia entre andar por las calles del barrio, mezclarse con la gente, y considerar todo eso desde ese lugar único. Sus propias casas y familias se veían distintas. Sobre las nenas, alrededor, las hojas formaban una cúpula que las aislaba del resto. Aquella era una pequeña zona intocada, su refugio secreto, nadie tenía acceso, les pertenecía solamente a ellas. Ahí no había nada que las limitara. Desde la intimidad de la sombra de las ramas las genias partían hacia cualquier parte. La plataforma era un trampolín para la imaginación. Podían pasar largos ratos sin hablar, fantaseando cada una por su cuenta. O compartir sus divagaciones en voz alta. Sucedían muchas cosas en la magnolia. Pequeñas y grandes cosas. Entre las importantes estaban las visitas de Kivalá.

Kivalá era un ser que ellas habían inventado y que vivía en el aire y en la luz. Lo llamaban y venía. Las nenas sólo acudían a Kivalá en ocasiones especiales. Por ejemplo cuando tenían que despejar alguna duda, indagar en una idea que no entendían o entendían a medias y les había despertado interés y curiosidad. Entonces trepaban por la escalera de soga, se sentaban y se entregaban a ese juego. Lo primero que hacían era ponerle nombre a la plataforma de acuerdo con el tema que las inquietaba ese día. Por lo tanto el nombre cambiaba en cada oportunidad. Después convocaban a Kivalá. Disponían de una fórmula para llamarlo. La fórmula la habían compuesto invirtiendo el orden de las sílabas de sus propios nombres. La pronunciaban las tres juntas, en voz alta.

— *Ciatile Naliroca Rialeva.*

Y esperaban.

Sabían que Kivalá ya había acudido cuando en las ramas altas de la magnolia algo sucedía. Un leve rumor, un destello de sol que se filtraba debido al desplazamiento de unas hojas o por el contrario, de pronto, una sombra que tapaba una zona de luminosidad. Ésas eran las señales de la llegada de Kivalá. Por supuesto no lo habían visto nunca. Ni siquiera le habían adjudicado una imagen. Sólo disponían de un nombre para poder referirse a él. Kivalá tampoco tenía voz. Pero durante el tiempo que permanecía sobre ellas, oculto en la densidad de las hojas, la imaginación de las nenas recibía el alimento de esa presencia y se largaban a hablar sin parar. De alguna manera Kivalá dictaba y ellas simplemente se dejaban llevar, enhebrando en voz alta largas historias cuya dirección y cuyo final ignoraban. Siempre eran fábulas que de algún modo representaban y por consiguiente también daban respuesta a la motivación de la llamada.

Esa tarde, después de alimentar a los cachorros, decidieron que debían ponerles nombres y no había mejor sitio para la ceremonia de bautismo que la plataforma. En esas semanas a la magnolia se la veía todavía más hermosa porque era la época en que la copa de hojas siempre verdes se tachonaba con las solitarias flores blancas. Para esta oportunidad la plataforma entre las ramas se llamó Reducto del Bautismo. El día estaba nublado, habían caído las primeras gotas de lluvia y las nenas subieron con tres paraguas y un jarrito con agua. Una vez sentadas allá arriba, formando un círculo, los cachorros en el medio, las tres genias se preguntaron si ésta era una de esas ocasiones en que debían solicitar la presencia de Kivalá. En realidad no lo era, no había nada que preguntar, no las inquietaba ninguna duda.

—Pero a mí me gustaría que estuviera —dijo Caro.

—A mí también —dijo Vale—, sería como un padrino.

—Entonces llamémoslo —dijo Leti.

Se concentraron unos segundos y luego las tres juntas pronunciaron la fórmula.

—*Ciatile Naliroca Rialeva.*

Casi de inmediato oyeron un leve rumor de hojas arriba.

—Ya vino —susurró Leti.

—Sí —dijo Vale también en voz baja.

Se prepararon para iniciar la ceremonia del bautismo. Por turno, metieron los dedos en el jarrito y cada una salpicó la cabeza de su cachorro.

—Te bautizo con el nombre de Drago —dijo Leti.

—Te bautizo con el nombre de Nono —dijo Vale.

—Te bautizo con el nombre de Piru —dijo Caro.

A continuación permanecieron en silencio, disfrutando del momento. Mientras tanto había comenzado a llover con ganas. Las nenas sabían que las grandes y fuertes hojas de la magnolia las resguardarían por lo menos durante un rato. Daba gusto oír el golpeteo de la lluvia sobre sus cabezas y todo alrededor. Luego, cuando el agua venciera la protección de las hojas y se deslizara hacia el centro de su pequeña catedral privada, abrirían los paraguas. Estar en la magnolia cuando había tormenta era uno de sus grandes placeres. Con la lluvia la separación de su mundo escondido en el árbol y aquel otro de allá abajo se acrecentaba todavía más. La de la lluvia era una voz poderosa y cómplice, la cortina que creaba alrededor les anunciaba que no estaban atadas a nada, que nada vendría a buscarlas, que nada podría cruzar la barrera, que ahí arriba eran inalcanzables. Disfrutaban de esos momentos y cuanto más violento el chaparrón mayor era la camaradería que las unía. Callaban rodeadas por el estruendo del agua y se sentían siempre como atisbando un secreto, siempre como ante la inminencia de una revelación.

Y al cesar la lluvia permanecían entregadas a esa especie de encantamiento, oyendo la paz que subía desde todas partes y se sentían enriquecidas. Como tantas cosas de las que les sucedían en esos años, no podían saber enriquecidas de qué. Pero ese regalo se quedaba con ellas y las acompañaba después, cuando bajaban de la magnolia y volvían a mezclarse con los acontecimientos de cada día. Y así sucedió también esa tarde.

Capítulo 4

Al día siguiente las genias se reunieron después de almorzar y Leti propuso:

—Vayamos a visitarlo a Iñaki, así conoce a los cachorros.

El vasco Iñaki era el abuelo de Leti. Todas las tardes se reunía con otros tres jubilados en el club El Porvenir para jugar a las cartas o a las bochas. Ese club estaba en otro barrio. No era cerca, pero tampoco tan lejos que no pudieran ir caminando. A las nenas les gustaba darse una vuelta por El Porvenir de tanto en tanto, los viejos solían tener historias muy curiosas para contar.

Cuando llegaron, estaban en la cancha de bochas. Tanto para las cartas como para las bochas formaban siempre las mismas parejas. Iñaki con uno al que le decían el Oso. Los otros dos se llamaban Sardo y Rufino. En el bufé, desde hacía años, tenían guardado un cuaderno grueso donde anotaban los resultados de las partidas de cada día.

Las nenas se apoyaron sobre la baranda de madera de la cancha, en uno de los extremos, con sus cachorros en brazos. Iñaki las vio y les hizo señas de que esperaran.

—Ya terminamos.

Le tocaba jugar a él. El punto lo estaban ganando los contrarios y el camino hacia el bochín se hallaba obstaculizado por varias bochas que conformaban una barrera difícil de sortear. Iñaki estudió la situación y acarició varias veces su bocha. Avanzó un par de pasos, se inclinó y la soltó en el costado izquierdo de la cancha, casi paralela a la baranda, para que luego bajara hacia el centro, allá adelante, por detrás de las otras. La guió largamente con el brazo extendido y la mano abierta.

—Vamos, linda —dijo en voz baja.

Fue reclinando la cabeza sobre el hombro derecho. Dobló también el torso. Lo dobló, lo dobló, a tal punto que pareció que terminaría perdiendo el equilibrio.

—Vamos, linda —repitió en un susurro.

Pasados los tres cuartos de cancha la bocha comenzó a obedecerle y emprendió una leve y larga curva hacia la derecha, pasó con lo justo por detrás de dos bochas rivales, enfiló hacia el bochín, lo tocó apenas, se detuvo y ganó el punto. Iñaki se golpeó las rodillas con ambas manos que era su manera de expresar satisfacción. Uno de los rivales jugó su última bocha sin éxito y luego le tocó al compañero de Iñaki y también fue un intento fallido.

El desarrollo de las partidas era más bien silencioso. Sobre todo durante el trayecto de cada bocha, nadie hacía comentarios. Ésos eran segundos de suspenso y de un equilibrio especial que no debía ser perturbado. Inclusive daba la impresión de que lo que estuviera más allá de la cancha se silenciara también y detuviera su actividad. Los cuatro jugadores tenían más o menos el mismo estilo en eso de quebrar el cuerpo y acompañar la bocha con el brazo estirado y la mano abierta. En cambio se diferenciaban en las expresiones de euforia o de desagrado según ganaran el punto o no. Iñaki se palmeaba las rodillas, el Oso pegaba dos tacazos en el suelo, Sardo se daba un leve puñetazo en el pecho, Rufino se tiraba de una oreja, la derecha. Lo curioso era que cada uno se expresaba con el mismo gesto tanto para festejar como para lamentarse. Aunque alguien que los conociera podía distinguir con facilidad el cambio de matiz en la intención y la intensidad de esos gestos. Después del silencio mantenido durante la partida, al finalizar, los abuelos solían discutir los pormenores de las jugadas. Entonces levantaban bastante la voz, se tildaban de pésimos jugadores, de haber tenido suerte y nada más que suerte en determinada jugada decisiva, y durante un buen rato la cancha de bochas se convertía en una riña de gallos. En realidad eran tres los que discutían, Iñaki, Sardo y Rufino. El cuarto, el Oso, nunca intervenía y cuando consideraba que le había llegado la oportunidad introducía en la disputa su única frase:

—Piensa mal y no te equivocarás.

Las nenas esperaron que también esta vez empezara una buena discusión y se prepararon para disfrutarla. Los abuelos no las defraudaron. En cuanto a acusaciones hubo de todos los calibres. Por fin, recuperada la calma, Iñaki salió de la cancha y fue caminando hacia ellas. También los otros se acercaron. Las saludaron y Sardo gritó hacia el interior del salón y le pidió al cantinero que trajera tres gaseosas para las visitas. Iñaki comentó que las había extrañado, hacía muchos días que no aparecían por ahí. Leti le explicó que durante las últimas semanas de clase habían estado muy ocupadas. Les presentaron a los cachorros:

—Drago, Nono, Piru.

Contaron la historia de la señora Ángela.

Los cuatro jugaron un poco con los perros, dijeron que se los veía muy vivarachos y sanos, que tenían ojos inteligentes y se notaba que estaban satisfechos con sus nuevas propietarias. Los elogios pusieron contentas a las nenas. Pero los comentarios de los abuelos no iban a detenerse en los elogios. Esto ellas lo sabían. No importaba el tema de conversación que apareciese, lo cierto es que resultaba imposible prever en qué dirección se dispararían. Siempre era una novedad. Además, también fuera de la cancha, lejos del juego, había ocasiones en que la charla subía de tono, los argumentos se complicaban, se ramificaban, y llegaba un momento en que parecía que todo iba a explotar. Por el momento sólo había tranquilidad.

—¿De qué raza son? —preguntó Rufino.

—Raza internacional —contestó Leti.

—¿Qué es eso? Nunca oí que existiera una raza con ese nombre.

—Así dijo la señora que nos los regaló.

—Ojalá resulten buenos guardianes —dijo Sardo.

—No sé si los de raza internacional son guardianes —dijo Leti.

—Tendrán que adiestrarlos para que sean guardianes.

—Tiene razón Sardo —dijo Iñaki—, tal como está el mundo lo que más hace falta es un buen guardián en la casa. Es lo mínimo que se le puede pedir a un perro. En otras épocas uno podía conformarse con que fuera simpático, juguetón, compañero. Pero ahora el tema de ser guardián pasó a primer plano. Es lo único que importa.

—¿Por qué? —preguntó Leti.

—Por la sencilla razón de que se ha puesto de moda ser ladrón.

—Antes por lo menos sólo te robaban los gobiernos y los chorros de costumbre, pero no todo el mundo como ahora —dijo Rufino.

—Así es —dijo Sardo—, hoy cualquiera te mete la mano en el bolsillo. Cada uno con su estilo, cada uno a su manera. Te roban los ladrones tradicionales y una cantidad de improvisados que ni te cuento. A todos esos vayan agregándoles los tipos con los que estás obligado a tener trato cada día, el quiosquero, el almacenero, el taxista. Te roba hasta tu vecino. ¿Qué es esto? ¿De dónde nace este asunto de que todos se hayan vuelto delincuentes?

—Modas —insistió Iñaki—. Cada época con la suya. En estos tiempos modernos la gente se maneja cada vez más por las modas. Y resulta que ahora la moda es ser delincuente.

—Cuando yo era joven las modas eran bien distintas —dijo Sardo—. La gente se enganchaba con otros tipos de moda. Modas interesantes, modas elegantes, modas útiles, modas divertidas, modas amables, modas inteligentes, modas solidarias, modas ingeniosas, en fin, toda clase de modas pero ninguna que perjudicara a los demás, todo lo contrario, absolutamente todo lo contrario.

—Eso se acabó hace mucho. Tal como yo lo veo cada vez estará más de moda ser chorro.

—Es el futuro que nos espera. Así va el mundo.

—Hay que estar preparado para los tiempos que vienen.

—Las modas son como las epidemias. Unos contagian a otros y en poco tiempo no queda nadie sano.

Esta tarde los abuelos parecían estar de acuerdo en todo. A diferencia de otras oportunidades en que solían ponerse de punta y discutir a poco de empezar cualquier conversación, ahora no había surgido una sola diferencia, hablaban en la misma dirección y se daban manija uno a otro. Y el asunto de las modas se estiraba y se estiraba. Duró un buen rato.

—Por lo tanto lo mejor que pueden hacer con estos simpáticos cachorritos es convertirlos en tres salvajes guardianes —dijo Sardo.

—Tres feroces y despiadados guardianes —dijo Rufino.

—Adiestrarlos para que cuando crezcan sean unas fieras implacables —concluyó Iñaki.

Y esto pareció marcar el final de la disertación.

Entonces Leti se acordó de los desalojos y sobre todo de los dos ancianos que habían tomado raticida y pensó que quizá valiese la pena mencionarlos para ver si Iñaki le encontraba también a eso una asociación con el tema de las modas. Pero cuando tuvo la pregunta lista era tarde. Los abuelos estaban en la cancha y empezaban una partida nueva.

Las nenas miraron un par de jugadas, saludaron y se dispusieron a marcharse. A manera de despedida, el Oso soltó su única frase:

—Piensen mal y no se equivocarán.

Salieron del club y emprendieron el camino de regreso en silencio. El largo discurso de los abuelos, ese asunto de los ladrones por todas partes y en especial el tema de las modas les habían puesto a funcionar la imaginación. Ahí había una historia original e interesante que pugnaba por aflorar.

—Creo que deberíamos subir a la magnolia y llamarlo a Kivalá —dijo Vale.

Llegaron a la casa de Leti, fueron directamente al fondo del jardín y treparon por la escalera de soga.

Capítulo 5

Antes de convocar a Kivalá le pusieron nombre a la plataforma. Ese día se llamaría Castillo de las Modas. Habían captado a la perfección el sentido del largo discurso de los abuelos acerca de la moda y los ladrones. Por lo tanto, no iban en busca de respuestas o de aclaraciones. No había preguntas pendientes. Lo que pretendían, como ocurría la mayoría de las veces, era gestar una suerte de interpretación, de actuación, que les volviera el tema que se aprestaban a abordar más vívido y palpable. En fin, elaborar una fórmula para convertirlo en algo propio, concebir una variante de su exclusiva posesión. En eso consistía el juego y para ese juego contaban con la guía de Kivalá.

Así que ahora, sentadas como solían hacerlo, enfrentadas, las piernas cruzadas, las rodillas tocándose, los cachorros en el medio, estaban listas para empezar.

—*Ciatile Naliroca Rialeva.*

Percibieron la presencia de Kivalá y, luego de unos segundos de concentración, comenzó a desatarse en ellas ese fermento imaginativo que les era familiar. Por turno, fueron deslizando una frase cada una, a veces una sola palabra, y así siguieron y la historia empezó a crecer. En este proceso, aparentemente, no se manifestaban ideas que ellas hubieran desarrollado con anterioridad. Iban soltando lo primero que les venía a la cabeza, en una asociación libre, abandonadas, liberadas, montando cada imagen sobre la imagen anterior, logrando conservar de todos modos la coherencia del hilo de la narración, agregando una a una pequeñas perlas a ese rosario. Y así seguían y seguían, unidas por aquella suerte de llama que las alimentaba desde allá arriba, desde la parte alta y oculta de la magnolia.

Leti había arrancado diciendo:

—Había una vez.

—Había una vez un bosque tranquilo y ordenado —siguió Vale.

—En ese bosque convivían todo tipo de animales —continuó Caro.

—Y cada animal cumplía una función de acuerdo con su naturaleza.

—El jabalí actuaba de jabalí.

—El lagarto, de lagarto.

—La ardilla, de ardilla.

—Y así todos.

—Hasta que llegó una época en que se produjo un gran cambio.

—A los animales del bosque se les dio por andar a la moda.

—Y en ese tiempo la moda imponía ser vago y ladrón.

—Malhechor y bandolero.

—Estafador y delincuente.

—En pocas palabras, las cosas se recontrapudrieron en el bosque.

—A los bichos les había agarrado el berretín de ser dañinos y tenebrosos.

—Tenebrosos y nocturnales.

—Bien nocturnales.

—Las palomas blancas dejaron de ser las mensajeras de la paz.

—Y se ensuciaban todo lo posible para ser negras.

—Y las abejas.

—Las abejas dejaron de ser laboriosas.

—Se dedicaron a la rapiña y a picar a todo el que se le cruzara por delante.

—Las mariposas.

—Las mariposas se volvieron carnívoras.

—Les robaban la tela a las arañas para utilizarlas en sus propias cacerías.

—Inclusive las ovejas se convirtieron en malignas.

—En el bosque se contaba cada historia sobre las ovejas que era como para poner los pelos de punta.

—Nadie se salvó de la moda.

—No hubo un solo bicho que no se volviera codicioso, voraz y predador.

—Y tanto jorobaron y jorobaron y siguieron jorobando con querer ser oscuros que al final todo se volvió oscuro.

—A tal punto que un día el cielo se puso negro.

—Y dejó de salir el sol en el bosque.

—Y los agarraron las tinieblas.

—Y los animales andaban deambulando en la oscuridad masticándose unos a otros.

—Unos bichos bien nocturnales.

—Así siguieron un tiempo.

—Aquello era un caos que ni te cuento.

—Hasta que en determinado momento los auténticos malvados del bosque se cansaron.

—Comenzaron a sentirse muy molestos y reaccionaron.

—El primero en quejarse fue el lobo.

—Después lo siguió la víbora.

—Y el buitre.

—Y la hiena.

—Y el alacrán.

—Y muchos otros.

—Los malvados tradicionales, los verdaderamente auténticos.

—Convocaron a una reunión, se plantaron delante de los demás animales y los increparon.

—Los increparon muy duro.

—Señores, esto no va más.

—Desde siempre nosotros fuimos los legítimos malvados.

—Somos profesionales.

—Tenemos tradición y antecedentes.

—Y ahora resulta que cualquier idiota improvisado pretende igualarnos.

—Hay un límite para todo.

—Esto de querer ser todos malos no es más que una demostración de la tilinguería de los habitantes de este bosque.

—Ustedes, señores, son unos tilingos.

—Esto de tilingos se lo dijeron bien en la cara.

—No es posible, se quejó la hiena, que anoche, mientras dormía, la ardilla me haya estando mordisqueando una pata.

—Así que, señores, volvamos a poner las cosas en su lugar.

—En esta barca de la malignidad no hay lugar para tanta gente.

—Los que eran buenos que vuelvan a ser buenos y se terminó la historia.

—Los que eran prolijos y trabajadores que vuelvan a lo de antes.

—Por lo tanto, caballeros, a confesarse todo el mundo.

—A confesarse y a blanquear las almas.

33

—El bicherío trató de resistirse porque estaban enviciados con eso de estar a la moda.

—Pero los auténticos se habían puesto durísimos.

—Y fueron ellos mismos los que trajeron a unos cuantos confesores.

—Los animales del bosque no tuvieron más remedio que obedecer.

—Y formaron una larga fila.

—Para confesarse de a uno.

—Pero no fue fácil.

—Para nada fue fácil.

—Porque eran tan espantosas las cosas que contaban, tan horripilantes, que los confesores se descomponían.

—La Cruz Roja no daba abasto socorriendo a los confesores y llevándoselos en camilla.

—Hasta que los auténticos malvados consiguieron importar unos misioneros alemanes de vastísima experiencia, que habían recorrido el mundo entero y habían visto toda clase de porquerías.

—Tantas porquerías que tenían los estómagos acorazados.

—Y lograron confesarlos a todos.

—Y se restableció el equilibrio.

—Los virtuosos volvieron a ser virtuosos y los malvados siguieron tan horribles como siempre.

—Y salió de nuevo el sol.

—Y cada bicho sabía a quién tenía enfrente.

—Pero la vida en el bosque ya no volvió a ser la misma.

—Nunca más volvió a ser igual después de aquella primera experiencia de estar a la moda.

—El bicherío vivía pendiente de cuál sería la próxima.

—Vivían alertas para no perdérsela.

—Y siempre aparecía alguna moda.

—Siempre alguien se encargaba de inventar una nueva.

—Las modas se fueron sucediendo y acelerando.

—Cada vez iban cambiando con más rapidez.

—Los animales salían de una y se zambullían de cabeza en otra.

—Y el bosque siguió siendo un caos.

—Costaba creer que en un tiempo aquél había sido un sitio tranquilo y ordenado.

—Porque ya nadie disponía de tiempo más que para andar corriendo con la lengua afuera desde la mañana a la noche tratando de informarse sobre las novedades.

—Todos preocupados por no quedarse fuera de las posibles variaciones de la moda.

—Todos contaminados por esa recontramaldita manía de querer andar siempre a la última recontrapodrida moda.

Y esa frase, pronunciada por Leti, marcó el final de la fábula. Allá arriba hubo como un deslizarse felino y supieron que Kivalá se había retirado. Después las nenas permanecieron un largo rato en silencio, disfrutando cada una por su cuenta de las imágenes que la historia había suscitado y seguía animando en sus cabezas.

La mamá de Leti se asomó a la ventana y les gritó que bajaran, que la merienda estaba lista.

Capítulo 6

El encuentro con la señora Ángela había ocurrido hacía un par de semanas. Las nenas seguían felices con sus cachorros, los subían a la magnolia y los llevaban a pasear por el barrio. Se acercaba la Navidad y a través de las ventanas de las casas se veían los pesebres y los arbolitos adornados. Las vidrieras de los negocios también tenían su aire de fiesta, con mucho dorado y plateado. En algunas esquinas habían colgado guirnaldas y grandes estrellas que se encendían durante la noche.

No hubo en esos días novedades dignas de mencionar, salvo que había más familias amenazadas de desalojo. Según pudieron enterarse las nenas en sus recorridas, todos los casos eran idénticos. Las dificultades se habían originado como consecuencia de préstamos recibidos para ampliaciones y mejoras de las viviendas. En los contratos figuraban unas cláusulas aparentemente inocuas en las cuales los vecinos no habían reparado, que en realidad ni siquiera habían leído, y era debido a esas cláusulas que ahora estaban a punto de quedarse en la calle. Los préstamos habían sido otorgados por la sucursal bancaria del barrio, con la intermediación del licenciado Méndez, el dueño de la inmobiliaria.

Un mañana, poco antes del mediodía, tocaron timbre en la casa de Leti y cuando la nena salió se encontró con la señora Ángela. La mujer vestía la misma ropa con que la habían conocido, el mismo sombrerito y los mismos zapatos. También llevaba la misma cartera negra colgada del brazo izquierdo.

Leti se sorprendió al verla, incluso se alarmó un poco, hasta que recordó el pacto que habían establecido el día de la entrega de los cachorros. La señora Ángela mientras tanto permanecía parada en la vereda sin pronunciar palabra. Miraba a Leti, como esperando. Después de un silencio incómodo, a Leti lo único que se le ocurrió decir fue que Drago estaba bien, creciendo, contento, juguetón. Se dio vuelta y gritó hacia adentro.

—Drago, Drago.

El cachorro acudió a los saltos y la señora Ángela jugó un poco con él. Por fin dijo:

—Te acordás cuando les pedí las direcciones por si en algún momento tenía ganas de ver a los cachorros.

—Sí —dijo Leti—, claro que me acuerdo.

—Bueno —dijo Ángela—, los extrañé y quería estar un rato con ellos.

—Por supuesto, está bien.

La señora Ángela dijo que en unos minutos pasaría también por las casas de Vale y Caro. Le pidió que llamara por teléfono a sus amigas para avisarles. Leti entró, llamó, explicó la situación y volvió a salir a la vereda.

—Mis amigas ya están avisadas.

—Bien —dijo la señora Ángela—, traé la correa, por favor.

Leti fue a buscarla y se la colocó a Drago. La señora Ángela tomó el extremo de la correa. Cuando vio que Leti se disponía a acompañarla, la contuvo con un gesto:

—Ellos y yo.

Leti la miró sin entender.

—Quiero dar un paseo sola con los cachorros.

Leti, sorprendida, no dijo nada. La señora Ángela aclaró que irían hasta la plaza, un rato, no mucho tiempo. A Leti no la convencía la idea de que Drago se marchara sin ella. Pero no disponía de argumentos para oponerse. La señora Ángela le entregó la cartera. Le pidió que se la tuviera hasta que regresara.

—Guardámela, por favor, así no me molesta.

Leti tomó la cartera.

—Gracias —dijo la señora Ángela y partió.

Pasó la hora del almuerzo. Pasó un buen rato más después del almuerzo. Y Ángela no volvía. Leti llamó a las amigas. No estaban preocupadas: la señora seguiría en la plaza, entretenida con los cachorros, y habría perdido noción del tiempo. Pero transcurrida otra hora, cuando volvieron a comunicarse, el clima había cambiado. Y más cambió cuando Leti comentó que debería regresar en algún momento ya que había dejado la cartera. Acá se enteraron que le había dejado una cartera a cada una. Esto las desconcertó totalmente.

—Yo vi que llevaba sólo una cartera, la que me dejó a mí —dijo Leti.

—Cuando vino a verme también llevaba una sola —dijo Vale, que había sido la segunda en recibir la visita.

—¿Y dónde llevaría las otras?

Cabía una única respuesta.

—Escondidas.

Además del desconcierto ahora estaban alarmadas. Se citaron en una esquina y fueron corriendo a la plaza. Ya eran las cuatro de la tarde.

En la plaza Ángela no estaba. Anduvieron por los alrededores, regresaron a la casa de Leti, siempre corriendo. Desde ahí llamaron a las casas de Vale y Caro. De la señora Ángela ni noticias. Eran más de las cinco de la tarde. ¿Qué podía haber pasado? Volvieron sobre el tema de las carteras.

—¿Por qué nos dejó una a cada una?

—Pero ocultando las otras.

—¿Por qué haría una cosa así?

—Miremos qué hay adentro, a lo mejor encontramos algo que nos sirva.

Primero abrieron la que había quedado en la casa de Leti. Adentro no había nada, estaba vacía. Salieron disparando hasta las casas de Vale y Caro. También las otras dos estaban vacías.

—¿Qué significa esto?

—Tiene que significar algo.

—Sí, ¿pero qué?

El sol comenzó a bajar y después de dar unas vueltas más por el barrio, de ir y volver de la plaza varias veces, se dieron por rendidas. Llegó la noche y las tres genias estaban desoladas.

Capítulo 7

Se pusieron en campaña desde temprano. Durante la noche, en el duermevela, sus cerebros habían trabajado a mil por hora, buscándole una explicación a lo sucedido. ¿Para qué nos los regaló si después vino a llevárselos?, se preguntaban. Además, esa manera tan rara de actuar, todo ese teatro. Las carteras. ¿Para qué las dejaría? No una cartera, sino tres. Estaba claro que solamente llevaba una a la vista en el encuentro con cada nena. Y esto demostraba que existía un plan elaborado, que el rapto había sido premeditado, acerca de ese punto no existían dudas.

Ahora, en el aire fresco de la mañana, angustiadas, pero también indignadas y decididas, las genias marcharon marcando el paso hacia la zona oeste de Los Aromos. Había que averiguar dónde vivía la señora Ángela. Probablemente no lejos, tenía que ser del barrio. ¿A quién recurrir primero para preguntar? Recordaron que la habían encontrado frente a la fiambrería Don Luciano y allá fueron. Pero el propietario no la había visto nunca. Entonces se dirigieron al centro de todo chisme e información, que era el mercado. Recorrieron cada puesto y después los negocios de las calles cercanas. También se detuvieron a hablar con las mujeres que encontraban en las puertas de las casas, alguna barriendo la vereda, otras charlando entre vecinas. No obtuvieron datos concretos, aunque varias personas dijeron recordar a esa extraña señora: era un personaje de aspecto tan curioso que resultaba difícil de olvidar. Las nenas les pedían que trataran de precisar en qué lugares y circunstancias la habían visto. Las informaciones eran confusas: acá, allá, en tal esquina, frente a tal negocio, hacía un mes, hacía dos meses, hacía un año, inclusive más tiempo. Cerca ya del mediodía esa suma de vaguedades era todo lo que habían logrado conseguir. Por el momento sólo podían asegurar lo siguiente: la señora Ángela solía andar por el barrio.

Las calles se fueron vaciando, los negocios cerraron para la pausa de la siesta y las nenas almorzaron en casa de Leti. Luego salieron de nuevo, aunque sólo para caminar al azar. Fueron a sentarse en un banco de la plaza. Caro y Vale estaban muy deprimidas, no hablaban. Leti, en cambio, se esforzaba por mantener alta la moral. Trataba de insuflar confianza a las amigas.

—Los vamos a encontrar. Estoy segura de que los vamos a encontrar —repetía.

Vale y Caro la escuchaban y no hacían comentarios. Leti había llevado un cuaderno y una lapicera. Propuso que registraran las informaciones recibidas por la mañana.

—Anotemos todo, absolutamente todo, no dejemos nada sin anotar.

—¿De qué nos sirve? —preguntó Caro.

—Bueno, quién te dice que anotando salta un detalle al que no le dimos importancia y de pronto resulta que es una pista.

—¿Vos creés? —dudó Vale mirándose la punta de las zapatillas.

—Según mi abuelo Iñaki en una investigación seria nada debe confiarse a la memoria, todo debe ser apuntado.

—Yo quiero mi perro —se quejó Caro.

Leti insistió con el tema del cuaderno y poco a poco

fueron anotando lo que recordaban. Llenaron una buena cantidad de hojas. La operación siguiente fue tratar de establecer algún tipo de orden relacionando los diferentes datos: coincidencias, reiteraciones, lugares, fechas, frases que según los testigos había pronunciado Ángela en cada oportunidad. Les vino bien la tarea, ya que en esas horas muertas no disponían de otros elementos para seguir sintiéndose activas. Y hubo momentos en que llegaron a exaltarse, ilusionadas con el descubrimiento de indicios prometedores. En realidad, lo que esperaban era que, milagrosamente, de ese caos de asociaciones, apareciese la señal secreta, el entramado oculto que les brindara un rastro, que les indicara un camino. Pero lo que tenían entre manos eran mojones azarosos que no ofrecían posibilidades de progresar hacia ninguna parte y después de hablar y hablar y relacionar y deducir y avanzar y retroceder siempre terminaban entrampadas en los mismos callejones sin salida. Entonces se rendían durante un tiempo y callaban. Luego una de las tres introducía un estímulo nuevo y volvían a empezar. Y así se fue deslizando la tarde.

Cuando las nenas se pusieron en marcha el barrio había vuelto a la actividad. Se encontraron con personas con las que ya habían conversado por la mañana y con otras nuevas. Ahora, de tarde, la gente disponía de más tiempo, a tal punto que una mujer se ofreció a acompañarlas y luego se les unió otra y un rato después media docena de mujeres avanzaba con ellas y había además varios chicos que las seguían trotando alrededor. En cada nueva parada, después de escuchar la descripción de Ángela y la historia de los perros, alguien más se sumaba al grupo. Llegó un momento en que las nenas ya ni siquiera tuvieron necesidad de explicar el motivo de su búsqueda. Las vecinas se habían hecho cargo de la causa de los cachorros perdidos y se encargaban de hablar. Ponían entusiasmo en los relatos, los enriquecían, los engordaban, agregaban detalles que no eran ciertos, que eran de su invención, pero que de todos modos no desvirtuaban la historia original y resultaban útiles ya que incentivaban el interés. Las genias las dejaban hacer, no las corregían. Todo servía, todo venía bien. A veces se asomaba alguien por una ventana y preguntaba:

—¿Qué pasó? ¿Alguna desgracia?

Había quien pedía a las del grupo que esperaran un momento y llamaba a la hija o a la madre o al hijo para que salieran a la vereda y escucharan y aportaran información si la tenían. La comitiva avanzaba y se engrosaba. Aquello parecía un desfile de carnaval.

Por fin apareció un dato más que significativo. Una mujer recordó que una prima suya —vivía ahí, a pocas cuadras— le había comentado de una señora que tenía la curiosa costumbre de dejar una cartera como garantía cuando se llevaba algo y que luego dentro de la cartera no había nada.

—¿Cuando se llevaba qué? —preguntaron al mismo tiempo las genias y también varias vecinas.

La mujer carecía de precisiones sobre ese punto, aunque se ofreció para acompañarlas hasta la casa de su prima. Allá fueron todas. La prima era una mujer gorda y simpática que de inmediato se sintió importante al ser requerida por tanta gente. Confirmó que en efecto se trataba de un asunto del que había oído hablar más de una vez, que la lista de damnificados parecía ser bastante larga, aunque decir damnificados hubiese sido exagerar un poco, ya que aparentemente lo que esa señora misteriosa se llevaba eran cosas de poco valor. Su informante principal y uno de los visitados por esa Ángela era el carnicero de la otra cuadra.

El grupo se encaminó hacia la carnicería y la gorda se

sumó a la caravana. Y por fin las nenas se encontraron ante el carnicero en cuestión, una auténtica víctima de la señora Ángela. El carnicero contó su historia. La mujer había pedido carne picada y luego dijo que saldría a la vereda un minuto porque había dejado dos cachorros atados a un árbol y quería darles de comer antes de seguir haciendo otras compras. Dejó la cartera sobre el mostrador y le pidió al carnicero que se la cuidara. Pero la mujer no volvió a aparecer. Después de asomarse varias veces a la puerta sin ver a nadie, llegando ya la hora de cerrar el negocio, el hombre decidió abrir la cartera y estaba vacía.

—¿Una cartera negra? —preguntó Leti.

—Así es, una cartera vieja.

Después de esta información y con una lista de direcciones suministradas por el carnicero y por la gorda el grupo siguió la recorrida. Aparecieron dos casos más de carnicerías, una veterinaria y dos negocios que vendían alimentos para perros. Y también —sorpresa— otros negocios que no vendían ni carne ni alimentos para perros, tales como verdulerías, panaderías, almacenes en general, inclusive una vinería. Algunas de las visitas de Ángela eran más o menos recientes, otras de mucho tiempo atrás. Varios de los comerciantes habían conservado las carteras y eran todas iguales, viejas y de cuero negro. En general coincidieron en que el hurto, por llamarlo de algún modo, había sido siempre de poco monto —tal como ya lo había señalado la gorda— y nadie había querido perder su precioso tiempo investigando y buscando a la mujer. Inclusive hubo casos en que Ángela regresó a saldar la deuda y recuperó su cartera.

De todos modos, pese a esos atenuantes, a esta altura de las cosas, en muchas integrantes del grupo de rastreadoras, la recorrida por el barrio detrás de la pista de Ángela les había encendido en la sangre una auténtica fiebre de cacería y se oyó más de una voz que repetía:

—Tenemos que encontrarla a esa vieja ladrona.

—Tenemos que atraparla a esa vieja estafadora.

—Tenemos que desenmascararla a esa vieja bruja.

En cuanto a las nenas, habían podido confirmar que el campo de acción de Ángela era el barrio, por lo tanto ya no dudaban de que era ahí donde vivía, en alguna de sus calles, en alguna de sus casas.

El día se estaba terminando, se disponían a retirarse y tal vez treparse a la magnolia y analizar el material que habían reunido, cuando alguien dijo:

—Quizá podrían probar con Simonetto.

—¿Quién es Simonetto?

—Un viejo bien raro. Zapatero remendón. Debe de tener como cien años. Conoce todo sobre el barrio. Los pormenores más increíbles, esos que nadie sabe, él los sabe.

Simonetto, les explicaron, había nacido ahí, siempre había vivido ahí, tenía archivos con registros de todo lo que había sucedido y se había hecho en Los Aromos. Todo. Para lo que fuera, Simonetto disponía del dato preciso. Cuándo se construyó esto o aquello, cuándo se inauguró esto o lo otro. Conocía la historia de cada calle, de cada árbol, de cada familia, de cada persona, las de antes y las de ahora, los nacimientos, los casamientos, los accidentes, los chismes, las peleas, los viejos rencores, los que todavía duraban, los que habían sido superados. Fechas, nombres. Todo. Sabía no sólo dónde había vivido sino dónde vivía en ese preciso momento cada habitante del barrio. Nadie podía explicarse cómo lograba estar siempre al día con cada mínimo detalle. Ese viejo era una enciclopedia viviente. Desde hacía muchos años venía anunciando que publicaría un libro con la historia de Los Aromos.

—¿Dónde podemos verlo a Simonetto? —preguntó Leti.

Les indicaron cómo llegar a la casa. Les avisaron que fueran preparadas porque el viejo tenía un pésimo carácter y seguro que de entrada las trataría mal. En realidad era un viejo horrible. Tremendo egoísta. Si poseía algún dato útil disfrutaría haciéndolas sufrir, dando vueltas y vueltas por el solo placer de sentirse dueño de la situación. Y podía ocurrir que se divirtiese con ellas y finalmente no les revelase nada. Un viejo perverso. Existía un solo camino para sonsacarle alguna información a Simonetto y era halagarle la vanidad. No había nadie tan vanidoso. Así que la llave para vencerlo consistía en hacerle creer que era el hombre más sabio y memorioso del mundo. De esa manera quizá lograran doblarle la muñeca. Pero aun así la cosa les resultaría difícil, porque si existía alguien ladino, mañoso y desconfiado, ése era el viejo Simonetto. Que no lo olvidaran en ningún momento.

Capítulo 8

Al otro día, después de ir y venir por algunas calles de tierra y preguntarles a los vecinos dieron con la casa de Simonetto. Era una vieja construcción de ladrillos sin revocar, carcomidos por la lluvia y el viento. Hacia el frente, además de la puerta entreabierta, había dos altas ventanas enrejadas que llegaban hasta el suelo.

Las nenas se detuvieron en la vereda opuesta, sin decidirse a cruzar todavía.

—Bien —dijo Vale—, ya sabemos cómo es Simonetto, ahora tenemos que pensar qué historia le vamos a contar para que nos diga lo que queremos saber.

—Estrategia y treta —dijo Leti con mucha convicción.

Caro y Vale entendieron a qué se refería. Unos meses antes, en el colegio, se habían entusiasmado con la lectura sobre leyendas y mitos griegos. Las palabras estrategia y treta seguían vivas en su fantasía, sobre todo en relación con Ulises y el caballo de madera. Ahora miraban el frente de la casa de Simonetto y pensaban en las murallas de Troya.

—¿Y cuál sería nuestra estrategia? —preguntó Vale.

—Tenemos que inventar nuestro caballo —dijo Leti.

—¿Qué caballo se les ocurre que podríamos inventar nosotras? —dijo Caro.

—Vayamos por partes. Primero y principal ni mencionar que venimos a pedirle información. Ya nos avisaron, si se da cuenta de que lo necesitamos estamos perdidas, no le vamos a sacar nada —dijo Leti.

—¿Entonces?

—Déjenme hablar a mí, voy a intentar algo. Ustedes digan que sí a todo. Vamos a explicarle al viejo que en el colegio nos encargaron una tarea sobre un personaje del barrio, alguien que nosotras consideremos especial. Es un trabajo que las alumnas realizan en grupos de tres. Anduvimos averiguando y después de preguntar y preguntar la mayoría de los vecinos nos dijo que sin lugar a dudas el personaje más interesante era el señor Simonetto. Un hombre que tiene una memoria prodigiosa, que posee un material invalorable, el único que estaría en condiciones de escribir una verdadera historia de Los Aromos si quisiera. Ése será nuestro caballo de Troya para entrar en confianza.

—¿Y después cómo metemos a Ángela?

—No tengo idea. Habrá que tocar el tema sin que sospeche. Ya veremos cómo podemos hacer.

—Quizá en algún momento podríamos decirle que el trabajo que queremos presentar en el colegio no se limita a describir la visita a nuestro elegido, sino que sería interesante agregar un par de anécdotas, por ejemplo que Simonetto nos contara de algunas figuras curiosas o misteriosas de la historia de nuestro barrio —dijo Caro.

—¿Y con eso qué ganaríamos?

—Bueno, ahí a lo mejor tendríamos la oportunidad de nombrarla a Ángela.

—¿De qué manera?

—Por ejemplo mencionando como al pasar que en estos días se habla mucho de cierta señora, una mujer que hace cosas raras, que evidentemente vive en el barrio porque ha sido vista muchas veces, pero de la que nadie sabe nada salvo su nombre. Todo el mundo está intrigado y anda preguntándose quién es esta Ángela. ¿Acaso el señor Simonetto nos podría decir algo sobre ese misterio?

—Demasiado directo. Si el viejo es como lo pintan, apenas le pidamos alguna información concreta nos saca a patadas.

—¿Y cómo arrancamos entonces?

—No sé, entremos y después vemos.

Las nenas se tomaron un respiro y luego Leti dijo:

—Genias, al ataque.

Se asomaron y espiaron hacia adentro. El taller de Simonetto se encontraba bajo el nivel de la calle y después de cruzar la puerta había que descender tres escalones. Era un ambiente grande, con las cuatro paredes tapadas por estantes que llegaban hasta el techo, llenos de zapatos cubiertos de polvo. La mesa de trabajo estaba colocada junto a la ventana. Los vidrios de la ventana estaban tan sucios que casi no dejaban pasar claridad. Costaba creer que alguien pudiera llevar un par de zapatos a ese taller. Simonetto, sentado en una silla de respaldo muy alto que remataba arriba en dos hachas cruzadas talladas en la madera, martillaba. Era puro huesos y arrugas. Un revoltijo de pelo blanco le coronaba la cabeza y unas cejas tenebrosas le tapaban los ojos. Tenía la boca llena de pequeños clavos, los escupía de a uno sobre la suela del zapato, los enderezaba y luego los enterraba de un martillazo. Un clavo, un martillazo, un clavo, un martillazo. Trabajaba con movimientos precisos y ritmo parejo. Daba la sensación de estar ante un títere. Un títere sentado ahí desde siempre, reiterando la parodia de una inacabable rutina.

Cuando Simonetto levantó la cabeza y las vio asomadas a la puerta, tapando la luz, se quedó mirándolas con un solo ojo, el derecho. Mantenía el otro cerrado. Ellas lo saludaron. Simonetto apoyó el martillo sobre la mesa y se sacó los clavos de la boca. Pero no contestó el saludo. Las nenas, sin atreverse a avanzar, siguieron paradas arriba. Desde ahí Leti comenzó a explicarle el motivo de la visita. Le habló de la tarea que debían realizar para el colegio, el asunto del personaje más interesante del barrio y la gran consideración y el respeto que los vecinos tenían por Simonetto. Todo expresado de una manera bastante confusa.

Entonces el viejo dijo:

—Bajen.

Bajaron los tres escalones y se quedaron paradas ante Simonetto, que no se había movido y seguía estudiándolas con su único ojo abierto.

—Nos dijeron que usted es la persona que más sabe sobre el barrio, que nadie sabe tanto —dijo Leti.

—Sobre la historia del barrio y sobre la gente —dijo Vale para completar el intento de Leti.

Siguió un silencio largo y las nenas ya no encontraron qué agregar y no supieron si debían quedarse o dar media vuelta y marcharse.

El viejo se pasó una mano por la boca y dijo:

—¿Quién las mandó?

Las nenas volvieron a repetir lo del colegio y los conceptos elogiosos de la gente.

—¿No me estarán halagando para sacarme algo?

—Queremos presentar un buen trabajo en el colegio. El mejor de todos. Se trata de un concurso —dijo Leti.

—Hay personas que vienen a verme con artimañas para arrancarme información, pero yo no viví inútilmente los años que tengo, algunas cosas aprendí, sé cómo tratar a la gente y a los aprovechadores del esfuerzo ajeno. Sólo se acuerdan de Simonetto cuando necesitan algo. Entonces

50

aparecen corriendo. Simonetto de acá, Simonetto de allá. Y acá está Simonetto, siempre dispuesto a recibir a todo el mundo, listo para servir a todo el mundo. Simonetto arregla todo. Simonetto sabe todo. Esta cabeza está llena de conocimiento. Sobre eso, señoritas, pueden apostar. ¿Y quién le reconoce a Simonetto lo que sabe? Nadie. ¿Y de qué manera paga Simonetto este abandono y este desprecio de todos? Devolviendo favores, siempre favores. Pero Simonetto está cansado de hacer favores. Así que es mejor que ya no venga nadie a pedir nada, no estoy, me fui, no existo más, la puerta está cerrada, adiós señores, adiós señoras y señoritas, vayan a otro lado, a ver si consiguen algo bueno, a ver si consiguen algo que les sirva. ¿A qué colegio van ustedes?

La pregunta repentina tomó de sorpresa a las nenas que tardaron unos segundos en contestar. Le dijeron el nombre.

—Vienen de los colegios a pedirme información, hasta de los colegios, y después que obtuvieron lo que buscaban se hacen humo, roban lo que pueden y desaparecen, se esfuman, no vuelven más, ni siquiera para una miserable demostración de reconocimiento al señor Simonetto, muchas gracias señor Simonetto, los datos que nos dio fueron de mucha utilidad señor Simonetto, que lo parta un rayo señor Simonetto.

Parecía que aquel discurso no iba a terminar nunca y que en eso se extinguiría la entrevista. Pero hubo un momento en que Simonetto hizo una pausa y entonces las genias se apuraron a reiterar lo que habían dicho al comienzo, que ellas no venían a pedirle nada, ninguna información, sólo querían conocerlo, ya que todo el mundo les había hablado tanto de él, y verlo con sus propios ojos y en todo caso, si existía la posibilidad, comprobar algo de lo mucho que él sabía, una pequeña demostración a manera ilustrativa, y luego sobre la base de esa fantástica excursión a su taller realizar la tarea de cierre de curso que les había encargado la maestra.

A partir de ahí el viejo pareció relajarse un poco, cedió algo de espacio, y las nenas empezaron con preguntas generales acerca del barrio en otros tiempos, las costumbres de la gente, los hechos más significativos y sobre todo cómo podía ser que Simonetto guardara tantas cosas en la memoria.

—Hay algo que nos aseguraron y que nos parece increíble: ¿es cierto que usted conoce y recuerda el nombre de todas las personas que viven en el barrio y los nombres de sus padres y de sus abuelos y hasta de sus bisabuelos?

—Absolutamente cierto.

—¿Y que además sabe dónde vive y dónde vivió cada uno de ellos?

—Absolutamente cierto.

—¿Cómo es posible?

El viejo soltó una risita sin dientes:

—Así es Simonetto, señoritas. Inclusive ahora, cuando ya me cuesta más trabajo salir y recorrer las calles, no hay nada que yo no tenga registrado en mis archivos. Y cuando hablo de mis archivos me estoy refiriendo primero a mi cabeza y segundo a todo el material que tengo guardado en los estantes del otro ambiente.

El viejo se levantó, caminaba con cierta dificultad, y pasó a la otra habitación que recibía algo de claridad de la segunda ventana. Las nenas lo siguieron. Esa habitación era tan espaciosa como la primera, había una cama y un armario. También acá las paredes estaban tapadas con estantes. Pero lo que había no eran zapatos, sino pilas de diarios, revistas, cuadernos, carpetas, libros y también

52

grandes rollos de papel. Simonetto tomó uno de los rollos, lo desplegó, lo colgó de un clavo y se retiró unos pasos.

—¿Lo reconocen?

Era un mapa, sin duda, dibujado a lápiz. El mapa de un barrio, con sus calles y los nombres correspondientes, las cuadrículas de las manzanas, las parcelas de las propiedades. Y flechas y señales y anotaciones por todas partes.

—¿Lo reconocen? —volvió a preguntar Simonetto.

—Es nuestro barrio —dijo Caro.

—Trabajo fino. Este mapa es de hace setenta años. Uno de los muchos que dibujé. Ahí tienen el barrio exactamente como era entonces. Casas, negocios, terrenos baldíos. Y por supuesto el nombre de cada habitante, uno por uno, no importa cuántos fueran de familia. Con el pasar del tiempo, cada tanto, tenía que ir confeccionando otros, introduciendo las modificaciones, las mudanzas, los nombres de vecinos recién llegados. Cada uno de esos rollos es una nueva elaboración del mapa del barrio. Son cientos. Está todo.

Desplegó otro mapa y después otro y otro. Las nenas buscaron sus propias casas en uno que era bastante reciente y soltaron varios grititos de asombro. No paraban de soltar gritos. A Simonetto se lo veía orgulloso con el efecto logrado.

—Nos dijeron que en algún momento usted publicará un libro con la historia de Los Aromos.

—Lo estuve por publicar en varias oportunidades a lo largo de los años —acá por primera vez la mirada y los rasgos de la cara de Simonetto se ablandaron, casi se dulcificaron—, ¿pero cómo se hace?, siempre será una historia trunca, porque las cosas siguen pasando, y cada vez que estoy por decidirme tengo la impresión de que lo mejor todavía está por llegar, así que cuando tengo una versión lista me digo que hay que esperar un poco más, que algo importante puede ocurrir al día siguiente de que publique el libro y quedará excluido.

Reflexionó, su cara volvió a endurecerse y agregó:

—Además me enferma pensar que después todo el mundo me va a robar.

—¿Y cómo podrían robarle lo que es suyo?

Simonetto no contestó la pregunta y retomó el tono de su discurso del comienzo. Ahora más enardecido que antes.

—Ya estoy bien enterado de lo que se comenta por ahí, que soy un avaro. Avaro de lo que sé, de la información que tengo, que no quiero entregar nada. Avaricia, avaricia, dicen. La esencia de la avaricia. Avaricia en estado puro. Acumular, acumular. ¿Para qué se guarda todo?, se preguntan. Pura fantasía de estar acumulando algo que es nada. Avaricia para nada. Ese viejo sólo tiene la ilusión de poseer algo, pero lo que tiene es nada. Eso dicen. Si no lo entrega es como si no tuviera nada. Avaro de nada. De qué le sirve al viejo todo lo que sabe. No lo usa, no lo disfruta, no lo comparte, no le sirve de nada. Alimenta su avaricia y arregla zapatos ajenos. Qué vida. ¿Quién lo entiende? ¿Quién puede entender una vida así? Ya escuché esos discursos. Mil veces los escuché. Me dan risa. Tengo orejas para todo. Y saben lo que les contesta Simonetto: envidia. Pura envidia de la gente.

Las nenas callaban. No se animaban ni a respirar. Ahora sólo esperaban que Simonetto hiciera un gesto y les señalara la puerta. Sin embargo, después de la explosión pareció volver a calmarse.

—Bien, sigamos —dijo.

—Entonces —dijo Leti tragando saliva—, ahí, en esos mapas, está registrada toda la gente que pasó por este barrio, con sus nombres y los lugares donde vivió cada uno.

—Exacto.

—¿Y no existe la posibilidad de que en tanto tiempo se le haya escapado alguno?

El viejo volvió a soltar su risita y no contestó.

Las nenas se miraron entre ellas y se mantuvieron en silencio, pensativas. Luego, no hablándole a Simonetto, sino bajando la voz y como si se dirigiera únicamente a sus compañeras, Leti dijo:

—¿Estará también esa misteriosa mujer de la que se habla tanto en estos días?

—¿Qué mujer? —preguntó Simonetto.

—Una mujer que anda por ahí. No tiene importancia. Lo que pasa es que hace cosas raras y todo el mundo se pregunta quién será.

—¿Qué cosas raras?

—Aparece de tanto en tanto y regala cachorros. A las personas que se quedan con ellos les hace prometer que les permitirá visitarlos si un día los llega a extrañar. Después pasa un tiempo, la mujer aparece de nuevo, pide permiso para dar una vuelta con los cachorros y no regresa más. También se lleva mercaderías de los negocios y no las paga. En general es comida para los perros o elementos relacionados con los perros. A veces otra clase de productos. Siempre de poco valor. Deja una cartera como garantía. Y resulta que dentro de la cartera no hay nada. Y nadie sabe dónde vive. Seguro que es del barrio, porque mucha gente la vio. La vienen viendo desde hace años. Se sabe que se llama Ángela.

—¿Ustedes la vieron?

—Pudimos verla de lejos. Una vez.

—¿Cómo es?

—Alta, pelo blanco, usa un vestido con muchos bolsillos y en los bolsillos lleva los cachorros.

—¿Qué más?

Las nenas pensaron. Leti recordó algo.

—Dicen que les tiene miedo a los aviones. Cada vez que pasa un avión se queda paralizada y empieza a temblar.

Mientras ellas contestaban, Simonetto seguía estudiándolas con un solo ojo. Después se desentendió de las nenas y empezó a caminar en círculos alrededor de la habitación. Caminaba a largas trancadas y miraba el piso. Era evidente que estaba pensando. Las genias, paradas en el centro, iban girando las cabezas y seguían su desplazamiento.

—Ángela —dijo Simonetto sin detenerse.

Y después de un rato:

—Ángela.

Las nenas tuvieron la sensación de que con ese caminar en círculos estuviese rastreando pistas en algún complejo disco de su memoria. Por fin se detuvo y señaló un estante alto:

—Ahí.

Apoyó una escalera, trepó, bajó una brazada de diarios, los golpeó para quitarles el polvo y regresaron a la primera habitación. Simonetto depositó los diarios sobre la mesa, se calzó unas gafas y los empezó a hojear. La operación duró un buen tiempo. Aquellos diarios debían tener muchísimos años. Estaban amarillos. Finalmente Simonetto pareció haber encontrado lo que buscaba y descargó un manotazo sobre la mesa.

—Acá está.

Capítulo 9

Además de intimidadas e intrigadas, ahora las genias comenzaban a sentirse un poco esperanzadas. Hasta ese momento Simonetto sólo había sido un nudo de desconfianza, furia y acusaciones, pero el manotazo entusiasta sobre la mesa permitía suponer que su humor había cambiado y quizá se decidiera a colaborar. "Acá está", había dicho. La afirmación era contundente. Sonaba prometedora. ¿A qué se refería Simonetto? Sin duda al tema del que habían estado hablando. ¿Pero qué relación podrían tener esas viejas publicaciones con esta Ángela que ellas estaban tratando de encontrar? Paradas cerca, a las nenas se les iban los ojos intentando leer en la página que había quedado abierta. Ninguna de las tres se atrevió a preguntar nada. Simonetto se sentó, les dio la espalda y se quedó mirando el vidrio opacado de la ventana. De tanto en tanto su mano derecha palmeaba la pila de periódicos. Se hizo desear bastante.

—Bien —dijo por fin, con el tono de quien regresa de una profunda reflexión—, empecemos por el principio.

Simonetto contó. En una época, hacía muchos años, en Los Aromos se editaba un semanario. No era gran cosa, pocas páginas, aparecían los chismes de siempre, los casamientos, los nacimientos, los cumpleaños, los fallecimientos, las llegadas de nuevos vecinos. Un día se publicó la noticia de que un matrimonio del barrio había adoptado a una niña. La niña era hija de unos parientes que vivían en Italia. El matrimonio había viajado para ir a buscarla. Las circunstancias trágicas que originaron la adopción fueron tema exclusivo de conversación durante semanas. Salieron notas en varios números del semanario. Eran los primeros tiempos después de la finalización de la Segunda Guerra Mundial. La niña tenía nueve años, su casa había sido bombardeada y su familia había muerto en el bombardeo. Ella logró escapar a la masacre gracias a que su perro, un rato antes de que se oyeran los aviones, había comenzado a tironearla de la pollera y la había arrastrado lejos de la casa. Fue la única sobreviviente de una familia numerosa.

Simonetto dio vuelta una página de uno de los ejemplares de aquel viejo semanario y dijo:

—Miren.

Se veía, muy borrosa, la foto de una nena con un perro en brazos. Atrás, los escombros de una casa derruida.

—La foto del semanario es reproducción de la que publicó un diario italiano. Fue tomada ante la casa bombardeada. Acá abajo dice: "Ahora mi perro es y será mi única familia". Son palabras de la chica. Si se fijan bien podrán ver que del brazo lleva colgadas por lo menos media docena de carteras. Y que en el suelo, alrededor de sus pies, hay más carteras. A un costado de aquella casa bombardeada funcionaba un modesto taller de talabartería donde trabajaban el padre y un tío de la nena. Fabricaban carteras de mujer. El taller voló con la casa. Cuando esos parientes de nuestro barrio fueron a rescatarla para que se viniera a América con ellos, la niña no sólo se trajo el perro, sino todas las carteras que pudo encontrar entre los escombros. Llenó un baúl con ellas.

Simonetto, con su ojo derecho, estudió a sus interlocutoras de a una.

—¿Están empezando a ver algo?

Las tres se quedaron mirándolo, dubitativas. Simonetto siguió pasando las hojas de los semanarios. Se detenía en las notas que aludían a la adopción. Las nenas leían los titulares y si les daba tiempo los textos enteros, que por otra parte no eran muy extensos. Apareció otra foto, más nítida. Otra vez la chica, su perro, un jardín con flores y atrás una casa.

—Esta foto fue sacada acá, en Los Aromos —aclaró Simonetto—. ¿Nada todavía?

Las genias seguían sin saber qué decir.

—En esta historia hay un perro, ¿verdad? —dijo Simonetto.

—Sí —dijeron las tres.

—Hay carteras.

—Sí.

—Hay aviones.

—Sí.

—Ustedes me hablaron de las tres cosas: aviones, carteras, perros.

—Sí.

—¿La historia todavía no les dice nada?

Las genias trataban de pensar a la mayor velocidad posible. Tenían delante de los ojos una serie de elementos que les eran familiares, sugerencias que apuntaban en una misma dirección, pero no encontraban la forma de anudarlas.

—¿Quieren saber cómo se llamaba esa niña? —preguntó Simonetto.

—¿Cómo?

—¿No se lo imaginan?

—No.

—Ángela.

Las genias pegaron un brinco.

Simonetto se echó hacia atrás en la silla y se tomó un largo descanso. Se lo notaba satisfecho consigo mismo.

Mientras tanto en las cabezas de las nenas pasaban demasiadas cosas juntas. Algo estaba tomando cuerpo, algo se insinuaba en la conformación de aquel personaje que era Ángela, pero todavía no había nada que las acercara a lo que buscaban. Después de todo quizá Simonetto les estuviera dando una pista útil y sólo era cuestión de remontar el hilo de aquella vieja historia.

—¿Y ahí dice dónde vivía esa familia que adoptó a la nena? —preguntó Leti.

—Claro que lo dice. Acá está, pueden anotar la ubicación si quieren. Además figura en uno de mis mapas. Era una de las primeras casas al costado de la canchita de fútbol. En aquella época no había más que unas pocas construcciones por ahí. En esa casa vivieron.

Las nenas se miraron de reojo.

—Entonces es probable que la señora Ángela siga viviendo ahí —dijo Leti.

—No, esa casa no existe más, la voltearon hace tiempo y en ese terreno construyeron un corralón de materiales. Pueden ir a verlo si quieren.

—¿Y aquella familia?

—Se mudó.

—¿Adónde fueron?

—Por el lado de la cartonería, sobre la misma calle, en una esquina, en diagonal a una bicicletería para más precisión. Una casita modesta, pero cómoda. Podemos buscarla en uno de los mapas.

—¿Y ahí se quedaron?

—Justo les tocó al lado una familia de libaneses que tenían veintiún hijos. Creo que pasado un tiempo decidieron cambiar de domicilio porque estaban cansados de que todos esos chicos se les metieran en la casa, no sólo por la puerta sino también por las ventanas.

—¿Entonces?

—Entonces se mudaron a una de las casas que en esa época se estaban construyendo cerca del arroyo. Ése fue un mal cambio porque inmediatamente hubo una temporada de lluvias y el arroyo desbordaba y dos por tres quedaban aislados por las crecidas. Así que en cuanto pudieron se fueron de ahí.

—¿Adónde?

—Frente a la primera escuela del barrio, que después fue derrumbada porque ya se caía de vieja y corrían peligro los alumnos. La nueva casa tenía un buen terreno, aquel matrimonio sembraba hortalizas y hasta llegaba a vender parte de lo que cosechaba en los puestos del mercado. Era gente muy trabajadora.

—¿Siguieron ahí?

—No. Volvieron a mudarse después de unos años. Unos cuantos años en realidad. Eligieron una linda casita, también con un gran jardín.

Simonetto se demoró en recordar la variedad de flores de aquel jardín y también los colores alegres con que había sido pintado el frente de la casa y una cantidad de detalles más. No terminaba nunca. Las nenas estaban cada vez más impacientes.

—¿Y esa casa dónde estaba?

El viejo fue a buscar uno de los rollos.

—Acá. Apenas pasando lo que era la fábrica de soda y que más tarde se convirtió en un depósito de muebles.

—¿Y ahí se quedaron? ¿Esta casa sigue estando?

—Ahí se quedaron hasta que el matrimonio falleció. Después esa propiedad pasó a manos de otra gente.

—¿Y Ángela?

Siguió otra larga pausa de Simonetto. Estiró el suspenso. Lo estiró, lo estiró. Ahora las nenas sólo esperaban que les diera un último dato preciso para despedirse y salir disparando. Pero Simonetto no decía nada. Y las miraba. Las miraba fijo. Volvieron a preguntar:

—¿Y Ángela?

Silencio. Un destello socarrón en el ojo derecho de Simonetto las puso alertas. Cuando por fin habló, fue para decir:

—No sé.

Siguió más silencio.

Y después de un rato:

—No sé adónde fue a parar Ángela. Yo tampoco puedo saberlo todo. Algún detalle se me tiene que escapar. Soy humano.

Lo dijo con tono burlón y en su ojo seguía jugando ese destello malicioso. Las nenas no se atrevían a moverse ni a decir nada. Después de tanta tensión y expectativa, estaban paralizadas. Ahora la sensación era que todo el tiempo se habían estado burlando de ellas. Pese a eso, todavía esperaban que el imprevisible Simonetto las sorprendiera con una última revelación que les fuera de utilidad. Pero Simonetto callaba.

—Entonces sobre Ángela ningún dato —se atrevió a decir Leti.

Simonetto abrió los brazos en un gesto que significaba: a veces así son las cosas. Llevó los diarios y los mapas a la otra habitación y cuando regresó se dedicó a su mesa de trabajo. Movió el martillo, acomodó los clavos, levantó el zapato y lo estudió. Se disponía a reanudar su tarea.

Las nenas comenzaron a despedirse. Mientras saludaban y se retiraban hacia la salida, Simonetto no dijo una palabra. Se limitó a asentir con la cabeza. Pero cuando las nenas ya estaban subiendo los tres escalones volvió a hablar.

—¿Esa mujer se llevó algunos cachorros en estos últimos días?

—Sí —contestaron las nenas de nuevo esperanzadas.

—Me estuve preguntando algo.

—¿Qué cosa?

—¿No se habrá convertido en una comedora de perros?

Las nenas lo miraron espantadas, sin entender.

—Los entrega para que se los engorden y después, cuando están creciditos y gorditos, los viene a buscar. Se evita el trabajo y los gastos. Por lo tanto, cuando sale vestida de esa manera a recorrer las calles, con los cachorros colgando de los bolsillos, lo que está haciendo es ir a la pesca de incautos, en general de niñas incautas. Se pasea de acá para allá con sus cachorros hasta que logra colocarlos a todos y un día vuelve a rescatarlos y los mete a la olla.

Les dio la espalda y sus hombros se sacudieron un poco. Se estaba riendo. Su risa era como el chillido de una rata. Miró a las nenas por encima del hombro:

—En algunos países los perros se comen y es un plato muy codiciado.

Volvió a darles la espalda y otra vez se oyó el chillido de rata. Giró la cabeza y agregó:

—Además hay que tener en cuenta la fecha. Estamos cerca de fin de año. ¿Para cuándo engorda la gente el pavo? Para Navidad.

Las nenas no esperaron más, subieron los tres escalones y salieron a la calle.

—Vayan, vayan. Suerte con la tarea para el colegio —fue lo último que escucharon.

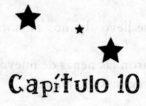

Capítulo 10

Cuando salieron de la casa de Simonetto las genias se sentían totalmente confundidas y humilladas. Anduvieron al azar, en silencio, sin conseguir reponerse de la mala experiencia de aquella visita. La primera en reaccionar fue Leti, que se detuvo en una esquina y dijo:

—Maldición, maldición, maldición, maldición.

Cuatro veces.

A partir de ahí recuperaron fuerzas y en las cuadras siguiente se dedicaron a criticar y a insultar con munición gruesa al viejo Simonetto. Eso las alivió. Se sacaron de encima la horrible imagen de la mujer devoradora de perros y volvieron a los hechos registrados por aquel semanario de hacía tantos años. Habían visto las fotos, habían leído los títulos de las notas y también parte de los textos, por lo tanto no había dudas de que aquélla era una historia verdadera. Y en esa certeza encontraron un motivo de euforia. Si el perro que había salvado a la nena de las bombas había sido traído al barrio, entonces con absoluta seguridad los perros que habían nacido desde entonces en la casa de esa familia y los que nacieron después, cuando Ángela quedó sola, todos pertenecían a la estirpe de aquel héroe.

—Por lo tanto nuestros cachorros, Drago, Nono y Piru, también son descendientes de aquel perro heroico de la guerra —dijo Leti.

—Sí —dijo Vale.

—Sí —dijo Caro.

Esta idea las llenó de entusiasmo durante unos minutos, el tiempo suficiente como para darse cuenta de que los cachorros ya no estaban con ellas y que justamente ése era el drama con el que se enfrentaban. Entonces volvieron a caer en un estado de melancolía.

Siguieron andando, regresaron hasta la casa de Leti, almorzaron y luego treparon a la plataforma. Se quedaron sentadas ahí, meditando. La tarde iba pasando y a la cabeza de las nenas todavía no llegaba ninguna idea que pudiera serles de utilidad. Ni pensaron en Kivalá. Kivalá estaba para otras cosas. Las fábulas que les sugería desde lo alto de la magnolia resolvían preguntas e incógnitas de otro tipo. No se les ocurría que una fábula pudiera ayudarlas en este problema. Siguió pasando el tiempo. Y ahí estaban, siempre sentadas, las piernas cruzadas, el torso echado hacia delante, los codos plantados sobre los muslos, el mentón apoyado en los puños, mirando algún punto en el centro de la plataforma, silenciosas y ceñudas.

Hasta que Vale se enderezó de golpe:

—Tengo algo.

Las otras dos la miraron inquisidoras.

—Mi primo Federico. Está haciendo un curso de detective privado.

—¿Y entonces?

—Sabe todo lo que se puede saber sobre investigaciones y ese tipo de temas.

—¿Investigaciones?

—Robos, secuestros, desaparición de objetos y también de animales. Vamos a verlo, seguro que se le ocurre algo. Hace como dos años que está estudiando. Se la pasa leyendo casos policiales.

Se descolgaron de la magnolia, cruzaron el barrio a

paso acelerado y fueron a ver al primo de Vale. Fede ya había cumplido los dieciséis, era un chico alto para su edad, grandes orejas y pecas en la cara. Las nenas le explicaron el problema.

—Cuenten todo, despacio, paso a paso —dijo Fede.

Contaron desde el comienzo. Primera aparición de Ángela, segunda aparición de Ángela, las carteras, la reciente visita a Simonetto. Fede escuchó con atención, soltó media docena de preguntas que, por la forma de enunciarlas, debió considerar muy sagaces y dijo:

—Por ahora suficiente.

Explicó, de manera bastante confusa, su método de trabajo. En su lenguaje abundaban términos como auditivo, visual, olfativo, intuitivo, interpretativo. En ese momento estaba adiestrando un perro para sabueso.

—Se llama Botafogo.

Fede silbó y unos minutos después apareció un animal cachaciento, casi tan grande como un San Bernardo. Por lo menos ésas eran las dimensiones que aparentaba tener, aunque tal vez se debiese a la manera en que estaba acondicionado. Tenía el pelo amarillento, larguísimo y parado. Seguro que conservado así por un fijador. No se hubiese podido decir si era gordo o flaco. El cuerpo era una especie de cilindro horizontal y las patas ni siquiera se veían bajo aquel compacto de pelos. Sus pasos debían de ser muy cortos y rápidos, porque daba la impresión de que el cilindro se desplazaba sobre ruedas. En cuanto a la cabeza, bamboleándose un poco, sobresalía colgando de aquella gran masa que llevaba a remolque. Mantenía los ojos apenas entreabiertos. Además de ese aspecto estrafalario que no hablaba en su favor, la sensación era que se trataba de un animal muy adormilado y nadie hubiese apostado demasiado a su capacidad. Así lo sintieron las nenas.

—No parece muy inteligente —dijo Leti.

Fede aseguró que era una luz siguiendo pistas.

—No hay que fijarse en el aspecto con los perros rastreadores. A veces lo hacen para disimular.

En algo se parecían Fede y Botafogo. Fede también tenía el pelo parado, corte tipo cepillo, del mismo color que el del perro.

Botafogo mientras tanto se había echado sobre la alfombra y había cerrado los ojos.

—Quiero las carteras —dijo Fede con autoridad.

—Ya las revisamos. No hay nada.

—Para ustedes no hay nada. Para un sabueso están llenas de pistas —señaló al perro—. Traigan las carteras y cualquier otra cosa que haya estado en contacto con los cachorros. Botafogo va a encontrar a esa señora. ¿No es cierto, Botafogo?

El animal abrió los ojos y los volvió a cerrar.

—Las carteras —insistió Fede.

Las genias salieron disparando hacia sus casas y unos minutos después regresaron con las carteras.

—Traje también la alfombrita sobre la que dormía Drago —dijo Leti.

—Por ahora dejemos la alfombra. Empecemos con las carteras —dijo Fede.

Pegó una palmada.

—Botafogo, a trabajar.

Y señaló la puerta de calle. Descolgó una correa de la pared y se la colocó al animal.

El sol ya estaba bajando. Previendo que la pesquisa podría demorarse, las nenas llamaron a sus casas y avisaron que estaban con Fede, que se quedarían un rato y después él las acompañaría.

Salieron a la vereda y Fede se apartó unos metros con

Botafogo. Les hizo señas a las nenas de que no se acercaran. Ellas esperaron paradas junto a un plátano, observando. Fede se acuclilló, acercó su boca a la oreja del perro y habló largo. Mientras tanto le hacía oler las carteras. Por afuera y por adentro. Las tres carteras pasaron varias veces delante del hocico del perro. En el animal no hubo indicio de que estuviera registrando algo. Tenía la misma actitud atolondrada de un rato antes. Miraba fijo un punto delante de él y parecía que todo el tiempo estuviera por echarse a dormir. Por fin Fede anunció que estaban listos para ponerse en marcha. Colgado del hombro llevaba un pequeño bolso donde, explicó, guardaba algunos instrumentos específicos de su actividad. Las nenas le pidieron que se los mostrara y él dijo:

—Secreto profesional.

Así que se pusieron en camino. Anduvieron un buen rato, alejándose en dirección al arroyo. El sol ya se había ocultado y avanzaban en esa media luz que precede el anochecer. El perro adelante, guiándolos, olfateando el suelo, tironeando de la correa, ahora un poco más activo. De tanto en tanto, si lo veía dudar, Fede le pasaba las carteras por el hocico. Llegaron hasta la cancha de fútbol, más allá estaba la estación de trenes de carga y detrás terrenos descampados. No siguieron en esa dirección. Doblaron y comenzaron a regresar hacia el centro del barrio. Botafogo seguía dando muestras de que se había tomado la cosa en serio. Ni una vez giró la cabeza, ni una vez dudó, no se apuraba pero tampoco se detenía, se lo notaba concentrado en lo suyo, se movía con seguridad, a veces en zigzag, a veces en línea recta, apurando la marcha, como si hubiese encontrado una pista. La actividad del perro creaba mucha expectativa en las tres nenas. Estaban tan pendientes de Botafogo que no habían pronunciado una sola palabra desde el comienzo de la búsqueda.

El único que de tanto en tanto decía algo era Fede, aunque lo hacía en voz baja, murmurando, quizá para no desconcentrar al perro.

—Muy bien, Botafogo, muy bien, mi perrito inteligente.

Había poca gente en las calles. Una vez más Fede se agachó, pasó las carteras delante del hocico de Botafogo y le habló junto a la oreja. De pronto en Botafogo hubo una reacción. Levantó la cabeza y olfateó el aire. Las tres nenas se pusieron alertas.

—Vamos, Botafogo —murmuró Federico—. Bravo, Botafogo.

Entonces Botafogo se transformó. Pegó un salto hacia adelante, arrancó la correa de la mano de Federico, salió disparado hacia la esquina y dobló. Se escuchó un alarido, corto, sofocado. Después otro. Casi de inmediato Botafogo volvió a aparecer con una cartera de mujer entre los dientes. Federico se agachó para recibirlo. Las tres nenas corrieron hacia la esquina desde donde seguían llegando, intermitentes, quejidos roncos. Cuando doblaron vieron a una mujer tirada de espaldas en el suelo. Chillaba con la boca muy abierta. Eran berridos de nene surgiendo de una garganta de mujer mayor. Arrodilladas junto a ella, las genias trataron de calmarla. Después lograron que se sentara. El paso siguiente fue ponerla de pie. Les costó bastante porque la mujer era más bien gorda. Leti corrió a buscar la cartera. Le dijo a Fede que no apareciera, que se alejara con el perro, que las esperara a un par de cuadras de ahí. Regresó junto a la mujer y le mostró su cartera recuperada. Poco a poco la mujer pareció tranquilizarse. Por suerte no se había asomado ningún vecino.

Le preguntaron dónde vivía. La mujer casi sin voz comenzó a repetir una dirección y su nombre. Vivo en tal dirección y me llamo así, vivo en tal dirección y me llamo así. De tanto en tanto dejaba de repetir la dirección y el nombre y se quejaba:

—Ay, ay, ay.

Su casa estaba ahí nomás, a doscientos metros. La llevaron sosteniéndola por ambos brazos. Fue un trayecto trabajoso porque la mujer apenas lograba mover las piernas. Llegaron a la casa y tocaron timbre. Detrás de los vidrios de la puerta, al fondo, apareció una figura.

—Ahí viene alguien, ¿qué hacemos?

—Mejor nos vamos.

Dejaron a la mujer sentada en el escalón de entrada y corrieron. Se encontraron con Fede y le explicaron lo sucedido.

—Un error de percepción —dijo Fede—. Puede pasar, pero vamos por buen camino.

—¿Qué quiere decir un error de percepción? A la mujer casi le da un infarto.

—Una pequeña interferencia en la comunicación, no captó bien la orden. Pero ya le estuve explicando todo este tiempo. No hay problema.

—¿Y entonces qué hacemos? —dijo Vale.

—Sigamos adelante —dijo Fede—. No puede fallar.

—¿Estás seguro?

—Absolutamente.

Las tres genias dudaban. La reciente situación con la mujer las hacía desconfiar.

—Tengan fe —insistió Fede.

Como antes, les pidió que se mantuvieran un poco apartadas. Volvió a agacharse junto a Botafogo y a ponerle las carteras de Ángela delante del hocico. Otra vez le habló largo. Lo amonestaba con el dedo en alto. Botafogo lo escuchaba con la cabeza baja. De tanto en tanto levantaba la mirada y buscaba los ojos de Fede, como pidiendo perdón. Fede se paró y dijo:

—Ahora sí.

Las genias decidieron probar de nuevo. Reiniciaron la marcha. Ya comenzaba a oscurecer, hacía calor, el cielo estaba cubierto. A través de las ventanas se veían los destellos de las pantallas de los televisores. Tampoco en esa zona del barrio andaba gente en la calle. Pasaron frente a un almacén abierto. En un baldío un grupo de chicos seguían jugando a la pelota en la última claridad.

La actitud de Botafogo no varió con respecto a su primera demostración. De nuevo parecía seguir una pista y llegó un momento en que igual que antes se paró en seco, olfateó el aire y comenzó a acelerar la marcha. Fede, arrastrado, corría tratando de contenerlo y las nenas corrían atrás. Botafogo no era un animal fácil de sujetar. Pese al aspecto cachaciento, de somnolencia y desgano, cuando se lanzaba lo hacía con fuerza y determinación, y aunque Fede le gritara no había caso. Así que llegó un momento en que Botafogo arrancó la correa de la mano de Fede y otra vez lo perdieron de vista. Segundos después un grito sacudió la tibia media luz del anochecer. Botafogo apareció con una cartera en la boca. Ahora se le notaba el esfuerzo. Venía hacia ellos en un galope trabajoso. Frenó delante de Fede, echándose un poco hacia atrás y se quedó quieto y firme en una postura de deber cumplido, mirándolo desde abajo con sus grandes ojos húmedos. Leti le arrancó la cartera de entre los dientes y las tres corrieron hacia la esquina. De nuevo se trataba de una mujer mayor. No estaba en el suelo, sino apoyada de espaldas a la pared, con las manos sobre el pecho y un rosario entre los dedos. Temblaba. Respiraba a borbotones. Intentaron tranquilizarla e igual que con la otra le preguntaron dónde vivía. Contestó por señas. La llevaron. Tampoco esta vez fue simple. Las piernas se le aflojaban. Anduvieron un par de cuadras, se detuvieron ante una puerta abierta y subieron dos escalones. Llamaron. Hacia adentro se veía un largo pasillo con puertas a un costado y macetas del otro lado. Al fondo se asomó una silueta y se oyó una voz femenina:

—¿Qué pasa? Ya voy.

Las nenas se aseguraron de que la mujer estuviese bien afirmada contra la pared y escaparon.

Encontraron a Fede en el mismo lugar donde lo habían dejado. Emprendieron el regreso. Durante un rato nadie habló. Se habían encendido los faroles. Había clima de gran frustración. Fede se rascaba la cabeza. Dijo:

—Puede ser que las carteras no sirvan. Podríamos probar con la alfombrita.

—Se la compré especialmente para Drago —dijo Leti alcanzándosela—, ahí está su olor como en ninguna otra parte, no la lavamos después que se lo llevaron.

La colocaron sobre la vereda. Era una hermosa alfombrita, un metro por un metro, varias guardas de colores vivos alrededor y, bordada en el centro, una escena campestre, con damas sentadas en el pasto junto a un lago, un bote y un pescador, pájaros en el aire, muchas flores y media docena de perros de diferentes razas acá y allá.

De nuevo Fede les indicó a las nenas que se apartaran unos metros. Se agachó y señalando la alfombra con el dedo invitó a Botafogo a que se acercara. Una vez más le habló largo. No paraba de hablar y seguro le estaba explicando que ahí había dormido uno de su especie y que debía encontrarlo. Botafogo había vuelto a su mansedumbre, permanecía inmóvil y sólo de vez en cuando giraba la cabeza para mirar a Fede con sus ojos lánguidos. Avanzó hasta colocarse sobre la alfombra, la husmeó, se echó y poco a poco se le fueron bajando los párpados.

—¿Qué hace? —preguntó Vale al cabo de unos cuantos minutos.

—Se está concentrando —dijo Fede—. Está tomando contacto.

Pero un rato después se dieron cuenta de que Botafogo dormía. Y ahí acabó la experiencia con Fede y su sabueso.

Capítulo 11

Pero la aventura de aquel anochecer no terminó ahí. A media mañana del día siguiente las genias volvieron a juntarse y cuando empezaron a recorrer las calles advirtieron que el barrio estaba convulsionado. En los negocios, en las esquinas, se hablaba de una misteriosa agresión que habían sufrido la señora Otilia y la señora Emilia. Habían sido atacadas por algo, una bestia, una especie de bestia, se decía. Las nenas encontraron a Otilia y a Emilia frente a la panadería. No juntas, sino a pocos metros de distancia, cada una rodeada por un grupo de gente que las escuchaba contar lo sucedido. Debido a la cercanía, los relatos se mezclaban y ambas se esforzaban por tapar la voz de la otra. Otilia estaba acompañada por su hija. Emilia por su nuera.

Hay que aclarar que entre Otilia y Emilia existía una rivalidad que venía desde que eran chicas, y que las había mantenido enfrentadas toda la vida. Habían competido cuando concurrían al colegio, compitieron con las fiestas de sus respectivos cumpleaños de quince, compitieron con los novios, compitieron con los casamientos, compitieron con los hijos y cuando los maridos fallecieron compitieron con la viudez. Ambas escribían poesía y cada año editaban, en una pequeña imprenta del barrio, un cuadernillo de pocas páginas, que ellas llamaban "mi nueva obra". Las dos elegían como fecha de publicación y lanzamiento la llegada de la primavera. Entonces, una vez más, volvía renovada la rivalidad de siempre. El centro de operaciones de Emilia era el salón del club. El de Otilia, la sala del cine. Los actos comenzaban con largos y encendidos discursos de un par de presentadores o presentadoras y luego seguía la lectura de poemas por parte de las propias autoras. Ambas contaban con su clan de seguidores que con un par de semanas de anticipación promocionaban el evento. Y, llegado el día, era habitual que algún espía se encargara de ir a contar cuántas personas habían concurrido a la presentación de la oponente.

Solían decir una de la otra:

—Esa Otilia no se merece este barrio.

—A esa Emilia este barrio le queda grande.

Esa mañana, frente a la panadería, se llevaba a cabo una nueva versión de su antigua competencia. Iba llegando más gente y pedía que relataran de nuevo. Así que también las genias pudieron escuchar un par de versiones completas de las historias. Como primer dato, ambas señalaron que el anochecer anterior, cuando sucedió lo que sucedió, venían de misa. Otilia contó que de pronto, sin que nada lo anunciara, sin que hubiera el más mínimo ruido, fue embestida por una gran fuerza que la derribó y la dejó tirada de espaldas en el piso. Y entones vio, prácticamente parada sobre ella, a una bestia extraña, blanquísima, una especie de puercoespín gigante, del tamaño de un ternero. No se parecía a nada que ella hubiese visto hasta entonces. Era —¿cómo decirlo? ¿cómo decirlo?—, y acá dudó, dudó, siguió dudando, y después de reflexionar elaboró una definición que a las nenas les resultó demasiado complicada, que no entendieron, pero que sin duda revelaba la condición de poeta de Otilia.

—Aquélla —dijo con gravedad— era una presencia que iba en contra del orden natural de las cosas.

Emilia no se quedó atrás en cuanto a inventiva, dramatismo y sobre todo destreza de lenguaje. Su versión de la aparición de la bestia no se diferenciaba demasiado de lo relatado por Otilia. Aunque la imagen que Emilia rescataba de su monstruo se emparentaba más bien con un erizo de mar. Un erizo de tamaño descomunal, cubierto de púas enormes. La punta de la cola era una bola también con púas, que usaba como ariete y cuando la golpeaba sobre las baldosas saltaban chispas.

Otilia dedicó una buena parrafada a los ojos de aquella aberración. Los ojos relumbraban con un fulgor extraordinario y maligno, pero no tenían pupilas. Desde el fondo de unas cuencas huecas emitían una intensa luz verde. Y precisó:

—Verde esmeralda.

Se oyó nítida la voz de Emilia:

—Los ojos eran rojos.

Eran rojos y quemaban, aseguró. En cualquier parte del cuerpo donde se posara, esa luz producía una sensación de terrible quemazón.

—Verdes —gritó Otilia.

Verdes, encandilaban, mareaban. Eran como el efecto de un encantamiento. Anulaban toda posibilidad de reaccionar, neutralizaban la voluntad. Y lo extraño y también terrorífico era que en ese encantamiento había —¿cómo decirlo? ¿cómo decirlo?— promesas, muchas promesas, tentaciones, muchas tentaciones. En ese momento, confesó Otilia, hubiesen podido hacer cualquier cosa con ella.

Emilia aseguró que la bestia se transformaba todo el tiempo, se agrandaba y se empequeñecía, era como una alucinación, de pronto —y acá Emilia coincidía en parte con su rival— abandonaba su aspecto monstruoso y se volvía suave y seductora, se camuflaba, se convertía en una cosa blanca y sedosa, un gran pompón, un copo de nieve gigantesco, abarcador, protector, acariciador. Ella temblaba como una hoja, era una sensación estremecedora. Horripilante, realmente horripilante.

—Los colmillos —dijo Otilia—, ustedes no pueden imaginarse lo que eran esos colmillos.

Como de oso, de jabalí, todavía más grandes. Ahí estaban las marcas en su cartera, todos podían verlas. Levantó en alto la cartera:

—Miren, acá, miren.

También Emilia se apuró a levantar en alto su cartera:

—Acá están, miren, acá pueden ver las marcas.

Siguieron unos momentos de silencio mientras la gente se abría paso e iba de Emilia a Otilia y de Otilia a Emilia. También las nenas se adelantaron para observar de cerca las carteras. Tenían unos agujeros que de sólo verlos causaban temor.

Fue Emilia la que retomó la palabra.

—Y hay algo más —anunció.

En el momento de arrancarle la cartera, la bestia le mojó la mano con la baba que le chorreaba de la boca, y allí donde esa cosa viscosa la tocó, después, durante la noche, le había salido una enorme ampolla. Recién esa tarde sería atendida por su médico. Mostró el dorso de la mano derecha ampollada. Y aquel gesto fue algo así como enarbolar una bandera de triunfo definitivo en la puja por demostrar quién había tenido un protagonismo más importante durante el extraño suceso del anochecer anterior.

Cuando Emilia terminó de hablar, Otilia dijo con voz firme:

—Vean, vean esto.

Levantó la mano derecha y mostró, también ella, el dorso ampollado. Lo mismo que Emilia vería a su médico por la tarde.

77

Hacia el final, los relatos de Otilia y Emilia se parecían bastante. Alguien había acudido a socorrerlas y les había devuelto las carteras. Ambas tenían la impresión de haber sido sostenidas por múltiples brazos. Esos brazos las guiaron o las transportaron y luego las depositaron en las entradas de sus respectivas casas. Cuando la hija de una y la nuera de la otra salieron al oír llamar a la puerta se encontraron con Otilia y con Emilia solas, una sentada en un escalón y la otra apoyada sin fuerza a la pared, imposibilitadas de moverse y de hablar. La hija y la nuera no vieron a nadie en la vereda ni a lo largo de la cuadra. ¿Quiénes serían esos seres que las habían auxiliado?

Se estaba acercando el mediodía y la gente comenzó a dispersarse. También Otilia y Emilia partieron, una con su hija, la otra con la nuera.

Las genias permanecieron un rato más junto a un grupito de media docena de mujeres y cuatro hombres que insistían en sacar conclusiones sobre lo ocurrido. Había opiniones para todos los gustos. Uno de los que se había quedado hasta último momento era el Senador. Igual que el Coronel y la Mariscala, el Senador ocupaba un sitio de privilegio en la lista de los notables del barrio. Era un tipo imponente. Alto y grueso como un ropero y además con una gran voz. Vestía siempre impecables trajes claros. Si bien le decían el Senador, nadie hubiese podido precisar qué cargo político ocupaba y si ocupaba alguno. De lo que no había duda era de que estaba muy bien relacionado con el mundo del poder y la gente acudía a verlo cuando necesitaba solucionar algún problema. El Senador prometía y cumplía. Nunca le fallaba a nadie. Todos le debían favores. Todos lo consideraban un gran benefactor. Un hombre con un corazón de oro. Siempre tenía una frase amable y una sonrisa. Siempre andaba con los bolsillos llenos de caramelos y cuando se cruzaba con algún chico le daba un puñado. Por supuesto, en aquel grupito que se había ido demorando frente a la panadería, el Senador era quien llevaba la voz cantante. Hablaba un poco difícil y a las genias les costaba entenderlo. El Senador explicaba que cierta confusión en las descripciones de Otilia y Emilia, las contradicciones en muchos de sus tramos, debían atribuirse a esos trastornos de percepción de la realidad que suele provocar una fuerte conmoción, un estado de pánico, pero lo cierto que, más allá de lo caótico de sus relatos, de las variadas interpretaciones de quienes las habían escuchado, las dos señoras habían sido agredidas por algo y ese algo, fuera lo que fuese, era la misma cosa en ambos casos, y si quedaba alguna duda al respecto ahí estaban las carteras con las marcas de las mordidas, idénticas, como calcadas una de otra. Ahora bien, en definitiva, y acá se planteaba la gran pregunta: ¿qué era eso que las había atacado? El Senador se comprometió a tomar cartas en el asunto y les aseguró a los presentes que en cuestión de horas, un día a lo sumo, el misterio quedaría develado.

El grupo se disolvió. Ese mediodía a las genias las esperaban para almorzar en casa de Caro. Decidieron desviarse unas cuadras y hacerle una rápida visita a Fede. Sin darse cuenta pasaron delante de la casa de Simonetto. El viejo las vio a través de la ventana abierta y desde allá abajo les gritó:

—Andan diciendo que fue la misma cosa que las atacó a las dos. Pero pudieron haber sido dos de esas cosas las que atacaron. Y si hubo dos, por qué no pensar que podría haber más, que podría haber muchas de esas cosas dando vueltas por el barrio.

Las nenas apuraron el paso para no seguir escuchando. Cuando Fede les abrió la puerta vieron a Botafogo echado bajo la mesa del living, el hocico sobre la alfombra. Las miró con sus ojos mansos y húmedos. Después hubo en los largos pelos parados que rodeaban su cuerpo una vibración que anunciaba la intención de moverse. Y en efecto se irguió un poco. Pero el amague murió a medio camino y Botafogo volvió a desparramarse sobre la alfombra. Las genias le pidieron a Fede que les mostrara los dientes del perro. Fede le agarró la cabeza y lo obligó a abrir la boca. En efecto, Botafogo tenía unos dientes realmente impresionantes.

Capítulo 12

Mientras almorzaban en casa de Caro las nenas hablaron de las curiosas versiones de Otilia y Emilia, concluyeron que ambas estaban más locas que un plumero y luego volvieron al enigma de la desaparición de los cachorros.

—Hay que seguir buscando —dijo Leti.

—Buscando, sí, ¿pero cómo? —dijo Vale.

—¿Por dónde? —dijo Caro.

—Tenemos que pensar algo. Pensemos. Usemos la cabeza —dijo Leti golpeándose la frente con los nudillos.

Dejaron la mesa, le avisaron a la madre de Caro que salían de nuevo, fueron hasta la casa de Leti y treparon a la plataforma de la magnolia.

Durante un rato largo estuvieron esforzándose en tratar de usar la cabeza.

—Se me está ocurriendo una idea —dijo por fin Leti.

Vale y Caro la miraron expectantes.

—¿Cuál es el lugar más alto del barrio? —preguntó Leti.

La siguieron mirando, sin entender hacia dónde apuntaba esa nueva idea. Leti creó un poco de suspenso.

—El campanario de la iglesia es el más alto —dijo.

—¿Y con eso?

—Tenemos que tratar de subir.

—¿Para qué?

—Desde allá arriba vamos a poder ver el barrio entero.

—¿Y?

—En una de ésas descubrimos algo.

—¿Como qué?

—No sé. Algo que nos sirva de orientación. Esta mujer debe vivir en alguna parte.

Vale y Caro se entusiasmaron inmediatamente con la propuesta.

—Llevamos un largavista —dijo Leti—. Acá en casa hay uno. Y necesitaríamos una buena cámara fotográfica. Sacamos fotos en todas las direcciones. Después revelamos las fotos y las analizamos. Las estudiamos con lupa.

En la casa de Vale había varias cámaras. Buenas, profesionales. El padre tenía un estudio de fotografía.

—Puedo sacar una a escondidas. También puedo llevarme un rollo de película.

—No hay que dejar nada sin fotografiar, tenemos que rastrillar todo el barrio, cerca y lejos.

—¿Cuándo lo hacemos?

—Hoy, ahora.

Se descolgaron de la magnolia y cruzaron el jardín corriendo. Leti metió el largavista en su mochila y se encaminaron a la casa de Vale. Además del largavista y la cámara, llevaron el cuaderno con las anteriores anotaciones. Lo necesitarían para registrar lo que pudieran descubrir desde allá arriba. Un rato después estaban entrando en la iglesia.

A esa hora la iglesia estaba casi vacía. Se arrodillaron en los últimos bancos para estudiar la situación. Había sólo dos personas, una mujer y un hombre, allá adelante, cerca del altar. La puerta de entrada al campanario estaba ahí nomás, a pocos metros de ellas, a su izquierda. La tapaba una gruesa columna, de tal manera que permanecía oculta desde casi cualquier lugar de la iglesia. Si aquellas dos personas se daban vuelta, no podrían verlas entrar. Lo mismo para alguien que apareciese por el altar. Pasados los momentos iniciales de tensión, la pregunta que Caro hizo, susurrando, fue:

—¿Estará abierta la puerta?

Esperaron un poco más, sin moverse, los dedos de las manos fuertemente entrecruzados sobre el apoyabrazos.

—¿Qué hacemos? —dijo Vale.

—Voy a fijarme —dijo Leti.

Se levantó y, pisando con cuidado, se deslizó detrás de la columna. Caro y Vale siguieron en el banco, mirando al frente. Oyeron un leve chirrido. Hubo un instante de silencio. Nuevo chirrido y el clic del pestillo al trabarse. Regresó Leti y se arrodilló.

—Sí —dijo.

Siguió una pausa breve. Leti miró a sus espaldas para asegurarse de que no hubiera entrado o no estuviera entrando nadie.

—Vamos.

Se levantaron, dejaron los bancos y, sin perder de vista el altar, retrocedieron unos pasos hacia la salida. Mientras tanto se fueron arrimando a la pared y quedaron cubiertas por la columna. Entonces caminaron rápido hasta la puerta, la abrieron, entraron y cerraron.

Al principio casi no pudieron distinguir nada. Después poco a poco la vista se les fue acostumbrando. Unos metros por encima de sus cabezas había una pequeña ventana. El vidrio opaco dejaba filtrar algo de claridad. Las sogas de las campanas colgaban quietas en el medio. Una escalera subía dando vueltas en caracol. Arriba se veía un destello de luz que señalaba la salida en lo alto del campanario. Pero entre la mancha lechosa del vidrio ahí abajo y aquel destello en lo alto había una zona de densa oscuridad.

—Hay que subir —dijo Leti.

—¿Quién va adelante? —dijo Vale.

—Yo no —se apresuró a decir Caro.

—Entonces vas a tener que ir vos —le dijo Vale a Leti.

—¿Por qué yo?

—Porque sos la más valiente.

A Leti le agradó que se la declarara la más valiente. Aunque no terminaba de gustarle la idea de subir hacia la oscuridad encabezando la fila. De todos modos no tuvo oportunidad de ponerse a discutirlo. Tardó en reaccionar y Caro y Vale se apuraron a decretar que su silencio era una aceptación.

—Yo tercera —dijo Caro.

—Está bien, yo voy segunda —dijo Vale.

A Leti no le quedó más que respirar hondo y tomar la delantera. Comenzaron a subir despacio, cautelosas, una pegada a la otra, y hasta la pequeña ventana todo anduvo bien. Después la cosa se fue complicando porque la claridad era prácticamente nula, se movían a tientas y tenían un buen tramo para llegar arriba.

—Fuimos poco previsoras —dijo Leti—, debimos haber traído una linterna. Hay que acordarse para alguna otra vez.

Acababa de terminar la frase cuando se detuvo, soltó un gritito y empezó a frotarse la cabeza.

—¿Qué pasó? —preguntaron al mismo tiempo Vale y Caro.

—Una telaraña.

—Si me llega a tocar una araña me desintegro —dijo Caro.

Leti se sacó la mochila, la levantó a la altura de la cabeza y siguió subiendo protegida con ese escudo.

—En los campanarios hay murciélagos —dijo Caro.

—De día los murciélagos duermen —trató de tranquili-

84

zarla Leti, aunque no estaba muy segura de que fuera así.

—Si llega a aparecer un murciélago me desintegro —dijo Caro.

Continuaron sin novedades.

—Vamos bien —decía Leti de tanto en tanto para darles ánimo a sus compañeras y también a sí misma. La luz de la salida superior estuvo cada vez más cerca, la veían agrandarse y ya les iluminaba los escalones. En unas cuantas vueltas más llegaron.

La subida había sido lenta y por momentos angustiosa, pero cuando salieron y vieron el cielo fue como respirar felicidad. Había un viento fresco que les daba en la cara y las despeinaba. Era un placer ese viento y borró por completo los sobresaltos de la escalera. También cuando se asomaron fue una gran recompensa. Conocían cada rincón del barrio, pero ni siquiera se habían imaginado qué diferente sería mirando desde arriba. Era un barrio nuevo. No había edificios, así que nada les estorbaba la vista. Podían ver el interior de cada manzana: patios, jardines, glorietas, aljibes, alguna huerta, ropa tendida. Lo primero que buscaron fueron sus propias casas. Nunca habían visto los techos de sus casas. Ubicaron la magnolia. Durante un rato se dedicaron a disfrutar y a descubrir. Se desplazaban en redondo, a lo largo de la baranda, señalaban, se llamaban una a otra. Mirá aquello, mirá aquello otro, allá está esto, allá está esto otro. Era una fiesta. Estaban satisfechas de sí mismas.

Hasta que llegó un momento en que recordaron para qué habían subido hasta ahí.

—A trabajar.

Primero Leti dio una lenta vuelta completa estudiando el territorio con su largavista. Fue una inspección prolija.

—Perrito, mi perrito, dónde estás —repetía.

Había casas o cuadras o calles que por alguna razón o sin ninguna razón le resultaban especialmente sospechosas. Entonces insistía ahí. Caro era la encargada de las anotaciones en el cuaderno. Leti le dictaba la ubicación de las casas que iba marcando. Mientras tanto Vale empezó a disparar con la cámara. También ella realizó un trabajo minucioso, corriéndose poco a poco a lo largo de la baranda, preocupándose para que no quedara ninguna zona, ni cerca ni lejos, sin registrar.

—Hay que fotografiar todo. Dice mi papá que la cámara capta cosas que el ojo humano, por más que mire, no ve.

Y no paraba de disparar.

—Acá estoy viendo algo —dijo Leti que seguía con el largavista.

—¿Qué ves?

—Me parece que hay algo.

—¿Qué?

Ahora Caro y Vale, impacientes, estaban junto a ella, esperando. Leti tardó en contestar. Lo que había encontrado estaba lejos. Había una casa con techo de chapas, un terreno con algunos árboles, quizá frutales, un largo tinglado contra la pared medianera y bajo la sombra del tinglado unas cosas claras que se movían y que podrían haber sido cachorros. Leti le pasó el largavista a Caro y la fue guiando. No le resultó fácil a Caro ubicar el lugar. Cuando al fin lo encontró dijo:

—Para mí son cachorros.

Le tocó el turno a Vale.

—Para mí también son cachorros. Lástima que estén en la sombra. Dudo que la cámara los pueda tomar.

—No importa —dijo Leti—, fotografiá todo, que salga lo que salga, después veremos.

Vale apuntó la cámara en esa dirección y disparó las fotos que le quedaban. Caro dibujó un mapa en el cuaderno con la ubicación de la casa.

—Me parece que los tenemos —dijo Leti que había recuperado el largavista—. El corazón me dice que son nuestros cachorros.

Durante un rato más se quedaron montando guardia por si salía alguna persona de la casa. Por supuesto esperaban que fuera Ángela. Pero no apareció nadie.

Dieron una última vuelta para una mirada final y decidieron bajar.

Capítulo 13

La bajada fue sencilla, sin tropiezos, venían aliviadas, sin temor a la oscuridad, aventureras experimentadas y satisfechas del trabajo realizado. Una vez más hubiesen podido gritar a viva voz: "Abran paso que acá vienen las supergenias". Pero cuando llegaron abajo las esperaba una sorpresa. La manija del lado de adentro de la puerta estaba fallada, giraba en falso, no podían salir. Probaron de todas las formas posibles para tratar de fijar la manija o hacer deslizar el pestillo. Echaron mano de todo lo que encontraron: una astilla de madera, la punta de una hebilla, una moneda, la birome. Pero no hubo caso. La manija seguía suelta y el pestillo estaba bien encajado en la ranura. Tuvieron que aceptar que estaban encerradas.

—¿Y ahora qué hacemos?

—Si golpeamos la puerta alguien aparecerá.

—Pero no podemos hacer eso.

—No podemos ponernos a golpear y a gritar. ¿Qué les decimos cuando nos encuentren encerradas acá adentro?

—¿Entonces?

—Pensemos —dijo Leti.

Pensaron.

Se sentaron en la penumbra, sobre los escalones. Nuevamente fue Leti quien tuvo una idea. Se levantó, fue hasta las sogas de las campanas y las señaló.

—Se me ocurrió algo, a lo mejor funciona. Tocamos la

campana y esperamos. Alguno va a venir a ver qué pasa. Debajo de la escalera hay espacio suficiente para escondernos las tres. Si nos metemos ahí, con esta poca luz no nos van a descubrir.

—¿Y después?

—No sé. Después vemos qué podemos hacer. A lo mejor tenemos oportunidad de escapar. A lo mejor el que viene a mirar se va y deja la puerta abierta.

Se colgaron las tres de una de las sogas. No resultó fácil. Después algo comenzó a ceder allá arriba y la soga subió y bajó y oyeron el primer campanazo tímido y después el segundo más sonoro y ahora ya tiraban con gran entusiasmo y los campanazos se repetían. Soltaron la soga y se miraron, estaban emocionadas. Corrieron a esconderse y se apretaron lo más posible en el rincón, achicadas contra el piso. Tuvieron que esperar bastante. Por fin se oyó la manija al girar y la puerta se abrió. Vieron los zapatos de un hombre. Las nenas no se animaban ni a respirar. Los zapatos avanzaron y se detuvieron en el centro, junto a las sogas. Entonces reconocieron a Mariano, el sacristán. Miraba hacia arriba. Se quedó un tiempo largo en esa posición, como si estuviera tratando de resolver mentalmente algo que se le escapaba. Se acomodaba y se volvía a acomodar los anteojos. Después fue hasta la pared de enfrente, quitó dos ladrillos sueltos, sacó una botella, la destapó, le dio un trago, la guardó de nuevo en el hueco y se fue cerrando la puerta.

Las nenas salieron del escondite.

—¿Y ahora? —dijo Caro.

Durante un rato no volvieron a hablar. Estaban un poco descorazonadas. De todos modos algo habían adelantado: sabían que si tocaban la campana el sacristán acudiría.

—Probemos de nuevo —dijo Leti.

Se colgaron de la soga y corrieron a esconderse. Esta vez el sacristán tardó menos en venir. Lo que ocurrió a continuación fue una repetición de lo anterior. Se acercó a las sogas, las tocó, miró hacia arriba un par de veces, se quedó pensando un poco, fue a sacar los ladrillos sueltos, tomó un trago y se fue cerrando la puerta.

Las genias dejaron pasar algunos minutos.

—De nuevo —ordenó Leti.

Esta vez se movieron decididas, sin dudar y con mucha energía. Así que se prendieron de las sogas con más ganas que antes y arriba la campana repicó con más ganas que antes.

Ahora pudieron oír con claridad los pasos apresurados del sacristán que se acercaba del otro lado de la puerta. Abrió y con el mismo paso rápido se arrimó a la soga y tuvo su momento de meditación. Después enfiló por la escalera y comenzó a subir. Las nenas lo oyeron caminar sobre sus cabezas y esperaron. La puerta había quedado abierta. Leti espió hacia arriba. Dijo:

—Vamos.

La iglesia seguía sin gente, ni siquiera estaban las dos personas de antes. Salieron al aire libre y, así como hacía un rato habían disfrutado al ver las calles desde el campanario, ahora disfrutaron al estar de nuevo ahí abajo. Dejaron la cámara en la casa de Vale y el largavista en la de Leti. Tenían que revelar el rollo, pero no podían hacerlo en el negocio de fotos del barrio. Así que cada una juntó los ahorros que tenía, tomaron un colectivo y se fueron a otro barrio. Las fotos estarían para la mañana siguiente.

Capítulo 14

Volvieron a tomar el colectivo, retiraron las fotos, regresaron y fueron a instalarse en la plataforma. Habían conseguido una lupa y estuvieron estudiándolas. Las recorrieron y volvieron a recorrerlas sin encontrar nada que valiera la pena. Dejaron las de la casa del tinglado para el final. Las manchas claras y movedizas que habían visto desde el campanario no aparecían en las fotos. En cambio, la lupa les permitió determinar que bajo aquel tinglado, todo a lo largo, lo que había eran jaulas. La sombra les impedía ver qué contenían. En tres fotos, contra la pared de la casa, junto a la puerta de salida al jardín, descubrieron una figura alta, también hundida en la sombra. Quizá ni siquiera se tratara de una persona. Pero más la analizaban y más se iba convirtiendo en una mujer. Y una mujer con las características físicas de Ángela.

—Es Ángela —determinó Leti después de un último estudio.

—Por lo menos se parece mucho —dijo Vale.

—Tiene que ser ella —insistió Leti.

—Si es Ángela ya sabemos dónde están nuestros cachorros. ¿Qué hacemos ahora?

—Vamos hasta allá —dijo Leti.

Bajaron de la magnolia y marcharon rumbo a la zona del barrio donde estaba la casa.

—Están ahí, seguro que están ahí, tienen que estar ahí

—repetía Leti mientras avanzaban a paso cada vez más acelerado.

—Lo que se ve en las fotos son jaulas. De eso no hay dudas. ¿Qué puede haber encerrados en jaulas si no perros? —argumentó Caro.

Pese al mapa del cuaderno y las anotaciones aclaratorias no les fue fácil llegar. Dieron vueltas y vueltas por varias calles, las fotos en la mano, cotejando. Fueron achicando el círculo, acercándose cada vez más al punto donde debería estar el objetivo. Tenían elementos de referencia claros, sabían que andaban cerca, pero la casa no se veía. Estaban desconcertadas.

—No puede haber desaparecido.

—Parece cosa de brujería.

—Tendría que estar en esta calle, en la cuadra que viene.

Y en efecto ahí estaba, en la mitad de cuadra. Dos árboles que se veían muy diferentes desde el nivel tierra y un acoplado de camión estacionado justo adelante habían cambiado la imagen con respecto a las fotos.

Estudiaron la casa desde la esquina. Era una construcción vieja, como casi todas las de la zona. Hacia un lado lindaba con un galpón. Al frente, se continuaba en un tupido y alto cerco de ligustro y en un portón de tablas. Luego, separado por un tapial, seguía un terreno baldío. Mientras estuvieron ahí no vieron movimiento en la calle. Se decidieron y cruzaron. Pasaron caminando despacio, charlando, y cuando llegaron junto al portón se detuvieron con el pretexto de que a Caro se le habían desatado los cordones de las zapatillas. Mientras ella, agachada, se los ataba, Vale y Leti espiaron hacia adentro por las separaciones de las tablas. Era un terreno con algo sembrado, quizá hortalizas, había algunos frutales y también canteros con flores. El tinglado estaba del otro costado del terreno, contra la medianera del galpón y no podían verlo.

Siguieron andando, llegaron a la esquina, doblaron, se tomaron un tiempo, regresaron y volvieron a pasar. Le tocó a Vale ajustarse los cordones de las zapatillas, esta vez delante de la puerta de ingreso. Había dos ventanas, cerradas con persianas de madera, una a cada lado de la entrada. Prestaron atención por si alcanzaban a escuchar algo. Demoraron todo lo posible. Avanzaron unos pasos y volvieron a detenerse junto a la puerta lateral de la casa. Una puerta de chapa por la que se accedía a un pasillo al aire libre que llevaría al jardín. Al finalizar el pasillo seguro debía comenzar el tinglado de la foto.

Se estaban por ir cuando las alcanzó algo así como un ladrido ahogado. Luego le siguieron varios. Aunque más que ladridos en realidad parecían lamentos. No necesariamente animales. Y tal vez ni siquiera lamentos. Podrían haber sido otro tipo de sonidos. El chirrido de una máquina, una radio. Inclusive llegados desde otra casa. Vaya a saber. Nada demasiado claro. Pero ellas no dudaron de que se trataba de lloriqueos perrunos. A esta altura las genias estaban seguras: ahí adentro se encontraban sus cachorros. Quizá junto con muchos otros, teniendo en cuenta la larga hilera de jaulas bajo el cobertizo. Es más, las tres hubiesen jurado que habían reconocido los ladridos de los suyos. Leti llegó a decir:

—Ése era Drago.

No querían separarse de aquella puerta. Se demoraron ahí, inventándose pretextos para quedarse. Actuaron un poco. Se pusieron a revisar el cuaderno que habían llevado, hicieron como que discutían. Y siempre los oídos atentos hacia el interior de la casa. Estaban conmocionadas. Mientras tanto controlaban si en las viviendas cercanas, en las de enfrente, se asomaba algún vecino. La calle, hacia ambos lados, permanecía sin movimiento.

—¿Qué hacemos?

Decidieron alejarse un poco, aunque continuaron girando alrededor de aquel punto y cada vez que cruzaban esa calle, a una cuadra de distancia, a dos, se demoraban mirando hacia la casa para ver si salía alguien.

En la hora larga que estuvieron rondando por aquella zona, cuatro veces más pasaron por la puerta. Y las cuatro veces buscaron excusas para detenerse unos minutos a la altura del pasillo y prestar atención. Leti hasta se atrevió a espiar por el ojo de la cerradura, aunque no pudo ver nada.

En cada oportunidad les resultaba más difícil permanecer quietas ahí. Se encontraban en un estado emocional tan particular, tan alteradas, que comenzaron a sentir que estaban pisando un territorio prohibido, que se estaban volviendo sospechosas, que con seguridad esa insistencia debía llamar la atención, que quizá hubiera vecinos observándolas a través de las ventanas de aquella calle. ¿Qué andaban buscando esas tres chicas? ¿Por qué iban y venían y pasaban y volvían a pasar? En algún momento vieron una mujer y luego un hombre y luego otra mujer salir de casas de la cuadra. De haber estado más tranquilas hubiese sido una buena oportunidad para interceptarlos, inventar alguna excusa y averiguar quién vivía en la casa del cobertizo. Pero no encontraron el argumento necesario o no se animaron.

Finalmente resolvieron irse y subir a la magnolia después del almuerzo, para dedicarse a pensar de nuevo y planear el próximo paso. Mientras regresaban y cruzaban la zona comercial las esperaba una novedad.

Así como la mañana anterior la gente se había reunido al enterarse de la misteriosa agresión sufrida por Otilia y

Emilia, ahora se hablaba de otro suceso inexplicable: las campanas de la iglesia tocaron solas en tres oportunidades. En una esquina, las nenas se encontraron con Mariano, el sacristán, contando una y otra vez con lujo de detalles sus tres incursiones en el campanario. Adentro no había nadie, arriba no había nadie, de eso estaba seguro: las campanas tocaron solas. De tanto andar en la iglesia, el sacristán, no importaba el tema que abordara, siempre lo hacía con el tono de quien pronuncia un sermón desde el púlpito. Había aprendido algunas frases en latín y no perdía oportunidad de utilizarlas. La gente lo escuchaba con la boca abierta. Se supo que mientras tanto alguien había corrido a consultar con el cura Juan para que diera su opinión sobre un hecho tan misterioso. Pero el cura era un hombre anciano, desde hacía años había sufrido la desgracia de quedarse sordo como una tapia y, previsiblemente, sólo declaró que él no había escuchado nada. En otro momento el asunto de las campanas quizá hubiese pasado inadvertido. Un comentario acá, otro allá y a olvidarse. Pero, con los ataques a Otilia y Emilia apenas un día antes, las cosas tomaban otro color. Ahora los dos hechos se sumaban y comenzaban a instalar un comienzo de inquietud en el habitual clima de tranquilidad del barrio.

La de esa tarde en la magnolia fue una reunión cumbre, una sesión de máximo secreto. A ninguna de las tres se le ocurrió de entrada cuál debía ser el paso sucesivo. Se fueron arrimando a la idea de manera progresiva, hablando y hablando, cada vez un poco más cerca, cada vez teniéndola un poco más clara. Y más avanzaban, más se envalentonaban. Y cuando por fin se manifestó aquello que venían construyendo tan trabajosamente, supieron que ya no habría forma de volver atrás. Irían de noche a la casa del cobertizo y rescatarían sus cachorros. Tomada la decisión, en el reducto de la magnolia se estableció un clima de alta solemnidad. Ahora estaban ante una jugada de marca mayor. La más riesgosa de las que se habían atrevido nunca. Primero, deberían escaparse de sus casas en plena noche. Segundo, deberían meterse en una casa ajena.

Capítulo 15

Las tres dejaron las camas a la misma hora. Colocaron unas almohadas bajo las sábanas, simulando un cuerpo. Se descolgaron por las ventanas de sus dormitorios y se reunieron a la vuelta de la casa de Leti. Estaban serias y resueltas. Hablaron poco. Sólo el rápido saludo en voz baja y la pregunta:

—¿Todo bien?

Tres conspiradoras en la calma del barrio dormido.

Había mucha luna. Esto podía significar una ventaja pero también una desventaja. De todos modos no se detuvieron a reflexionar sobre ese detalle. Se pusieron en camino hacia la casa de los cachorros, con paso firme, absolutamente convencidas de lo que iban a hacer. Las calles estaban desiertas, la noche era toda suya.

En el camino tuvieron que detenerse y ocultarse dos veces. Primero se cruzaron con dos hombres que venían hablando fuerte y luego con otro en bicicleta. Llegaron a la casa del cobertizo y fueron a ubicarse en la vereda de enfrente, en la oscuridad de un gran árbol. No había una sola luz encendida en toda la cuadra. Estuvieron mirando la casa durante un rato.

—¿Y ahora? —preguntó Vale.

—Ahora tenemos que entrar —dijo Leti.

—¿Por dónde? —dijo Caro.

—Por el terreno de al lado.

No cruzaron directamente, se alejaron una cuadra, regresaron por la otra vereda y al llegar al terreno baldío que lindaba con la casa se deslizaron adentro. Fueron hacia el fondo sorteando las matas de arbustos y las pilas de basura que los vecinos habían ido descargando ahí. El tapial al que debían trepar no era alto. La primera fue Leti. Dio un pequeño salto, se colgó, buscó apoyo para los pies y en un segundo estuvo arriba.

—Todo tranquilo, suban —dijo.

Caro y Vale treparon y luego, muy juntas las tres, permanecieron largos minutos sentadas sobre el tapial, las piernas colgando hacia adentro. Lo que veían abajo era un quieto paisaje nocturno hecho de grandes manchas de claridades y de sombras: su campo de batalla, su territorio a conquistar. No se decidían a seguir adelante. Estaban tomando conciencia de que, pese a todo, hasta acá la aventura había sido bastante sencilla. Todavía podían regresar por donde habían venido. Cuando entraran comenzaría el verdadero riesgo.

—¿Habrá algún perro guardián? —dijo Caro.

No habían pensado en eso y la pregunta las paralizó unos minutos más. Por fin Leti dijo:

—Si hubiera uno ya nos hubiese detectado y estaría ladrando.

El argumento sólo era convincente a medias. De todos modos no tenían alternativas: se arriesgaban o se retiraban. Leti sabía que debía tomar la iniciativa.

—Vamos.

Y se descolgó hacia adentro. Vale y Caro dudaron un poco y bajaron también. Se quedaron junto al muro, agachadas, sin atreverse a dar un paso, sorprendidas por su propia audacia. Desde ahí podían divisar frente a ellas la larga sombra del cobertizo. Y a su izquierda, en el otro extremo del terreno, la mole cuadrada de la casa. De nuevo habló Leti.

—Hay que cruzar.

Arrancó y Vale y Caro la siguieron. Fueron de árbol en árbol, deteniéndose en cada tronco, manteniéndose cerca del muro del fondo, por si tenían que escapar. Después de los últimos árboles seguía una ancha franja de espacio despejado, iluminado por la luna, que iba desde el muro hasta la casa. Permanecieron en la protección de la sombra, dudando.

—Vamos —dijo Leti.

Se lanzaron a través de aquel río de luz lunar y se sumergieron en la oscuridad del cobertizo.

En efecto, lo que había ahí eran jaulas. Podían tocarlas, pero por más que pegaran la nariz al alambre tejido, no lograban ver qué había adentro.

—Drago —susurró Leti.

—Nono —susurró Vale.

—Piru —susurró Caro.

Desde las jaulas sólo llegaba silencio.

—La linterna —dijo Leti—. Voy a prender la linterna.

—Es peligroso —dijo Caro.

—Un segundo.

Habían llevado una linterna lapicera. Leti enfocó y entonces vieron que del otro lado del tejido había pájaros. Por lo menos en esas jaulas, las que estaban ubicadas al fondo del lote. Quedaron tan sorprendidas que Leti se olvidó de apagar la linterna y Caro y Vale de decirle que lo hiciera.

—Pájaros —dijeron incrédulas.

Fueron recorriendo las demás jaulas, moviéndose en dirección a la casa. Seguía habiendo pájaros. Gran cantidad de pájaros. Eran todos de la misma especie: estorninos. Estaban dormidos y el rayo de luz que se deslizaba sobre ellos no los sacaba de la inmovilidad. Las plumas brillaban un momento con el pequeño haz de la linterna. Las nenas siguieron un poco más. Y luego otro poco más. Todavía con la esperanza de que en alguna jaula hubiera perros. Llegaron a las últimas, las más cercanas a la casa. Nada de cachorros. Leti apagó la linterna.

—Sólo pájaros.

La frustración era grande.

Estaban apenas a unos tres o cuatro metros de la entrada a la vivienda. En esa parte del terreno había canteros con flores. Y, así como mucha gente acostumbra colocar enanos de yeso en los jardines, acá había gatos, de yeso o de terracota. Gatos de tamaño natural. Muchos gatos. En diferentes posturas. Gatos sentados, gatos parados, gatos echados. Ahora las nenas no podían dejar de mirar aquel ejército de felinos silenciosos bajo la luna, estaban como encandiladas por el espectáculo.

—Vámonos —dijo Vale.

—Todavía no —dijo Leti—. No voy a dejar todos estos pájaros enjaulados.

—¿Qué se puede hacer?

—Liberarlos.

—Bueno —dijo Caro—, dejamos las jaulas abiertas y cuando amanezca y despierten van a salir solos.

—Tenemos que asegurarnos de que salgan —dijo Leti.

—¿Cómo?

—Hay que sacarlos.

—¿A todos?

—A todos.

Se pusieron a trabajar. Fueron abriendo las jaulas, tomaban a los pájaros con cuidado y los arrojaban al aire. Oían el breve aleteo y luego otra vez la quietud de la noche. Tardaron un buen rato porque era una larga hilera de jaulas, con muchos pájaros en cada una. Cuando terminaron Leti se cercioró de que no se les hubiera olvidado ninguno.

—Listo, vámonos rápido —dijo Vale.

—Esperen, se me ocurrió algo más —dijo Leti.

Fue hasta los canteros y volvió con uno de los gatos.

—¿Y si ponemos los gatos dentro de las jaulas?

—¿Para qué?

—No sé, se me ocurrió, es una idea.

Caro y Vale estaban tan excitadas como Leti con tanta actividad clandestina y no dudaron en aceptar la propuesta. Fueron trayendo los gatos, los introdujeron en las jaulas y las cerraron. Había suficientes como para meter dos o tres en cada jaula. Terminaron y Leti dijo:

—Los gatos se comieron a los pájaros. Ahora sí, vamos.

En ese momento oyeron ruidos dentro la casa. Quedaron paralizadas. Hubo un silencio prolongado y luego, nítida, una voz de hombre dijo:

—Alcanzame la escopeta.

Se encendió una luz.

La mano de Vale buscó el brazo de Caro y la mano de Caro el brazo de Leti. Comenzaron a retroceder, manteniéndose en la oscuridad del cobertizo. Ya no podían irse por donde había entrado, porque eso significaría cruzar la franja despejada y exponerse en la claridad lunar. Siguieron retrocediendo hasta tropezar con el tapial del fondo, treparon, saltaron del otro lado y entonces sí empezaron a correr. Anduvieron por un terreno donde había ropa tendida, se llevaron por delante una sábana, la arrastraron con ellas y siguieron corriendo a ciegas cubiertas por la tela blanca. Continuaron así, tratando inútilmente de desembarazarse de aquel estorbo, hasta que la tierra les faltó bajo los pies y cayeron debido a un brusco desnivel del terreno. En el momento de la caída un alarido sacudió la noche. Sentadas en el suelo, lograron liberarse de la sábana. Hacia la derecha había una casa de planta baja y primer piso y en una de las ventanas superiores vieron una figura de mujer que gesticulaba y señalaba hacia la noche. Una segunda figura permanecía quieta detrás de ella. De ahí había provenido el grito. No se animaron a levantarse y avanzaron gateando, protegidas por los pastos altos. Llegaron a un cerco de ligustros y buscaron un agujero entre las ramas. Cuando lo encontraron y se deslizaron del otro lado estuvieron en la calle. Siguieron corriendo, doblaron varias veces y se detuvieron para tomar un respiro. Entonces Vale advirtió que todavía seguía arrastrando la sábana. Tenía una de las puntas apretada en el puño. Hizo un bollo y la tiró en una zanja.

Capítulo 16

Las genias se encontraron por la mañana y recorrieron las calles ansiosas por averiguar si la incursión nocturna había tomado estado público. La repercusión era mayor de lo que podrían haber supuesto. Igual que con las carteras de Otilia y Emilia y luego con las campanas que tocaban solas, los vecinos se reunían en las esquinas y se demoraban en las puertas de los comercios. A aquellos inquietantes acontecimientos ahora se sumaban dos más: el misterio de las jaulas con los gatos y la aparición de un fantasma de tres cabezas.

La alteración general resultaba más evidente a medida que avanzaban. Las nenas estaban encantadas. Disfrutaban del paseo. No querían perderse nada, corrían de un grupo a otro, se mezclaban en las conversaciones, preguntaban, pedían precisiones, se asombraban al encontrarse con versiones tan imaginativas, tan enriquecidas y cada vez más distantes de la realidad. Daba gusto andar en aquel clima de alarma, llevando su secreto y su complicidad, conscientes de que todo había sido provocado por ellas. Era como si de pronto, de alguna manera, se hubiesen adueñado del barrio. Adueñado de los pensamientos y la voluntad y la vigilia y el sueño de sus habitantes. El barrio era como un campo donde hubieran sembrado algo y ahora lo recorrieran comprobando lo abundante que se estaba insinuando la cosecha.

Las charlas derivaban, se remontaban a fenómenos similares, misteriosos, ocurridos en otras partes, en otros tiempos. Presencias nocturnas y temibles que andaban por los caminos, que acechaban a orillas de ciertas lagunas, que rondaban por las calles de remotos pueblos de provincia. Las novedades de los últimos días en el barrio tenían una larga lista de antecedentes. Cada vecino disponía de su anécdota. Algunos habían vivido la experiencia personalmente, a otros les había sido relatada por parientes, por amigos. Rivalizaban para ver quién exponía la más escalofriante. A las nenas la que más les llamó la atención fue la historia de la gallina con pollitos. La contó un hombre que se había criado en los campos de una provincia del litoral. Pobrecito aquel caminante solitario que de noche se topara con esa gallina. La gallina y sus pollitos le saltaban encima y el desgraciado terminaba destrozado a picotazos.

Había un grupo grande, casi todas mujeres, delante de la casona del Coronel y la Mariscala. Entre los presentes estaba el matrimonio que vivía en la casa del cobertizo. En ese momento eran los únicos que hablaban. Contaban y volvían a contar que durante la noche se habían despertado al oír ruidos en el patio y en las jaulas de los estorninos. Recién por la mañana descubrieron que todos los estorninos habían desaparecido. Dentro de las jaulas en cambio estaban los gatos de los canteros del jardín.

Alguien preguntó si las pajareras estaban abiertas.

—Las jaulas estaban cerradas, cada una con su traba correspondiente.

Un detalle que sorprendió a las nenas fue la interpretación de algunos vecinos. Repetían —como si la hubiesen escuchado— casi la misma frase que Leti, satisfecha con la tarea realizada, había pronunciado en la noche: "Los gatos se comieron a los pájaros". El alboroto que había despertado a los dueños de casa —concluían esos vecinos— había sido sin duda el desesperado aleteo de los estorninos tratando de salvarse. Y tras cada interpretación, tras cada conclusión de unos, se reiteraban las preguntas de otros: ¿Cómo unos gatos de terracota podían devorarse a los pájaros? ¿Cómo pudieron entrar los gatos en las jaulas estando las puertas cerradas?

En el grupo frente a la casona estaban también la profesora Beltrán y su esposo, personas respetables, que vivían en la misma manzana donde había sucedido el fenómeno de los gatos y los pájaros. La señora Beltrán sufría de insomnio y pasaba buena parte de las noches asomada a la ventana de su dormitorio. Ambos habían visto pasar por el terreno lindero, en la fuerte claridad lunar, un fantasma con tres cabezas.

Y estaba el tipo grande y grueso, al que le decían el Senador. En algún momento, como era de prever, tomó la palabra y su vozarrón dominó la calle. De esta clase de amenazas venidas quién sabe de qué oscuras dimensiones y que escapaban a toda interpretación lógica, también él hubiese podido relatar largas historias, afirmó. Pero no quería agregar más alarma a la existente. Aunque sí alertar que ya, en ese mismo momento, todos ellos se encontraban transitando un territorio donde acechaban múltiples y variados enemigos. Por un lado aquellos enemigos que habitaban los espacios sombríos de lo desconocido —acerca de los cuales sólo podían arriesgarse inciertas y peregrinas conjeturas—, y por otro los enemigos detectables, visibles, palpables, que andaban entre la gente, que formaban parte de la gente, aunque igualmente maléficos y perversos. Se refería, en concreto, a los despiadados oportunistas de estas situaciones de río revuelto. Por ahora proponía serenidad y mantenerse unidos y solidarios, hasta tanto se pudiera avanzar en la investigación de lo sucedido.

Se acercaba el mediodía, se abrió la puerta de la casona, se asomó la mucama y comunicó que tanto la Mariscala como el Coronel estaban muy al tanto de lo ocurrido, que por la tarde mantendrían una charla con los vecinos. La calle se fue vaciando. También las nenas se marcharon. Entonces, mientras regresaban hacia la casa de Vale donde almorzarían, cuando ya no estuvieron rodeadas de gente, sintieron que su estado de ánimo iba cambiando. Todo vestigio de diversión desaparecía. No quedaba ni una pizca de ese placer un poco perverso experimentado al moverse en medio de la confusión general. El sentimiento de poder y superioridad dejó lugar a la evidencia de que su incursión nocturna había resultado un fracaso. No habían encontrado los cachorros. Drago, Nono y Piru no estaban con ellas. Y ahora deberían recomenzar desde cero. Organizarse, planear nuevas investigaciones. Hablaron de eso.

Por la tarde, pasada la hora de la siesta, regresaron a la casona. Había mucha más gente que por la mañana. En algún momento, después de una espera bastante prolongada, se abrió la puerta y apareció la Mariscala. Su presencia imponía respeto y todos callaron.

La Mariscala no solía hablar demasiado, pero cuando se soltaba tenía ataques de vehemencia. Y en esta oportunidad se notó de entrada que venía con mucho empuje. Confirmó que había mantenido una charla particularmente intensa con el Coronel acerca del tema que los preocupaba, además de realizar numerosos llamados telefónicos a conocedores y estudiosos de este tipo de anomalías, y también ella alertó sobre el peligro —ya insinuado por el Senador en la mañana— de los aprovechadores inescrupulosos de circunstancias como las que estaban viviendo, cuervos siempre sobrevolando y al acecho, santones e iluminados, videntes y pastores tramposos, adivinadores y mé-

106

diums, sanadores y exorcistas. Todos falsos purificadores de gente y de animales y de objetos. Por eso ella sugería manejarse con sumo cuidado. Necesitaban ayuda, pero debían consultar sólo a alguien de indudable poder espiritual e integridad moral. Porque ataques como los que ahora acosaban a Los Aromos, surgidos vaya a saber de qué profundidades tenebrosas, se manifestaban siempre con un sello que permitía identificarlos y ese sello era visible únicamente para seres humanos con capacidad de leer dentro de esas fuerzas malignas, develar su naturaleza, determinar de dónde provenían y para qué venían, y así mediante esta facultad excepcional de clarividencia encontrar el antídoto para combatirlas y expulsarlas. Durante la charla de esa tarde el Coronel había aportado un nombre para la consulta y la Mariscala lo avalaba porque conocía el largo historial de esa persona. No estaba autorizada a revelar su identidad, pero se comunicarían con ella y pronto tendrían respuestas.

Después de semejante discurso en la calle reinó un silencio total. La Mariscala se retiró. Cuando la gran puerta de la casona se hubo cerrado comenzaron los murmullos. Las genias estaban cada vez más asombradas con la magnitud que alcanzaba el asunto.

Capítulo 17

La cosa siguió creciendo. Esa noche, avanzada la madrugada, sorpresivas, volvieron a repicar las campanas. Espaciadas, graves, lúgubres en el gran silencio del barrio dormido. Algunos las oyeron sin despertarse del todo y luego volvieron a un sueño turbado hasta el amanecer por la presencia de aquel don don don siniestro. Otros permanecieron en la oscuridad con los ojos abiertos o saltaron de la cama para ir hasta una ventana, el oído atento y la mirada fija en el inmutable cielo estrellado.

Por la mañana la cosa creció aun más. Las hermanas Luisina y Delia Santos, dos personajes de peso en el barrio, propietarias de varias casas y de la sala del cine, trajeron novedades a la puerta de la casona de la Mariscala, donde desde temprano había empezado a juntarse gente. Y las que traían eran novedades gordas.

La bestia que había atacado a Otilia y a Emilia acababa de regresar. La noche anterior, no muy tarde, las hermanas Santos se la encontraron de regreso a su domicilio después de una reunión en el saloncito de actos de la biblioteca. Apareció del otro lado de la calle, en la vereda de enfrente, como surgida de la nada, enorme, mirándolas con sus grandes ojos fosforescentes que encandilaban. Por suerte ya estaban a punto de entrar en la casa. Y también por una gran suerte, pese al pánico, pese al temblor, la mano de Luisina pudo embocar la llave en la cerradura. Las hermanas Santos lograron precipitarse al interior justo en el momento en que la bestia saltaba hacia ellas. Habían tenido tiempo de ver, no sólo esos ojos que cegaban, sino el cuerpo erizado de púas y los colmillos temibles que chorreaban baba. Las hermanas Santos hablaron además de largas garras con dedos casi humanos, ganchudos y unidos por membranas. Y aseguraron que sobre la cabeza la bestia tenía algo así como una cresta de gallo. Y en el lomo dos pequeñas alas carnosas, replegadas. Después, una vez adentro, cuando hubieron cerrado, echado doble llave, corrido la barra de seguridad y arrastrado un mueble desde el living para colocarlo contra la puerta, oyeron durante un largo rato cómo la bestia se revolvía del otro lado y raspaba la madera. Y los gemidos eran como lamentos humanos, de alguien que padece un gran dolor. De no haber visto al monstruo venir corriendo desde la oscuridad con aquellos ojos terribles, ellas hubiesen caído en la trampa pensando que se trataba de una persona que había sufrido algún percance grave y necesitaba auxilio. Aquellos quejidos parecían decir: ayúdenme, ayúdenme, por favor.

Las genias estaban presentes durante el relato —que por otra parte fue repetido una y otra vez— y no podían creer lo que escuchaban. Más allá de algunos agregados, la bestia de las Santos era un calco de la que habían descrito Otilia y Emilia. Y las genias sabían bien cuál era la verdad de la historia.

—Inventaron todo —dijo Leti.

—¿Por qué lo hacen? —dijo Caro.

Y ahí no terminaron las novedades de la mañana. Frente a la casona estaba también la señorita María Jimena Nogaro, otra vecina importante, que durante años había venido escalando posiciones en la sucursal bancaria del barrio y en la actualidad ocupaba el cargo de gerente. A ella le sucedió que, alrededor de las tres de la madrugada, bastante después de haber sido despertada por los campanazos y sin que hubiera logrado conciliar de nuevo el sueño, fue sacada de la cama por unos golpecitos en el ventanal de su living. Eran como de una rama sacudida por el viento. Pero no había viento. Y cuando se levantó, sin encender la luz, y espió corriendo apenas la cortina, vio en su jardín, ahí nomás, a un par de metros del ventanal, el fantasma de tres cabezas. Permanecía quieto, al parecer esperando que ella acudiera, porque de inmediato agitó los brazos varias veces, se acercó hasta casi tocar el vidrio y luego retrocedió y se perdió en la oscuridad. Podía recordar el absoluto e insólito silencio que la rodeó mientras duró el enfrentamiento con el fantasma, como si cada mínimo ruido nocturno se hubiese congelado.

—Otro invento —dijo Leti.

Los relatos de las tres mujeres fueron como brazadas de paja arrojadas a una fogata y la agitación y la inquietud general aumentaron.

La Mariscala no salió a la puerta esa mañana. La que hizo una breve aparición en su nombre fue la mucama. Comunicó a los presentes que la señora ya había tomado contacto con aquella misteriosa persona cuya identidad no estaba autorizada a revelar, que en ese momento dicha persona se encontraba estudiando la situación de Los Aromos, y que a la brevedad tendrían respuestas y seguramente soluciones para enfrentar y combatir la amenaza que los acosaba.

Las genias pasaban de asombro en asombro. ¿Qué pretendían las Santos y la Nogaro con esa farsa? ¿Qué había detrás de semejante teatro? Repararon en un detalle que sin duda era significativo: las hermanas Santos y la Nogaro eran amigas, se las solía ver juntas muy a menudo.

Durante el resto del día siguieron recorriendo el barrio en todas las direcciones. Se habían propuesto llevar a cabo un prolijo rastrillaje calle por calle, buscando señales que les aportaran alguna pista acerca del paradero de Ángela. Ahora en sus especulaciones se alternaban el tema de las campanas que habían vuelto a tocar solas, el invento del regreso de la bestia y la desaparición de los cachorros.

Llegó la noche.

Tarde, las campanas tocaron de nuevo. Sonaban a desgracia. Era un tañido melancólico, ahogado, como si en lugar de repicar allá arriba en el cielo lo estuviesen haciendo desde el fondo de una laguna, desde un campanario sumergido.

Amaneció. No se habían registrado nuevas apariciones de la bestia ni del fantasma, pero sí hubo testimonios que aseguraban haber sido despertados por extraños ruidos, quizá de cadenas arrastrándose en las veredas y golpeando las puertas y las ventanas de sus casas. Los testimonios eran tantos que resultaba imposible pensar que se trataba de un invento. Nadie se había animado a asomarse para mirar afuera.

La gente volvió a reunirse frente a la casona esperando respuestas que todavía no llegaron.

Y pasó otro día.

La misteriosa persona cuya identidad la Mariscala no estaba autorizada a revelar seguía sin aparecer.

Ahora, apenas comenzaba a oscurecer las calles se vaciaban y recién volvía la actividad con la primera luz del amanecer, cuando los madrugadores se asomaban y antes de arrancar para sus respectivas obligaciones echaban una mirada a derecha e izquierda para verificar si la noche transcurrida había dejado algunas señales de las extrañas presencias que andaban por el barrio.

El propietario del viejo bar Pontevedra, refugio de los trasnochadores de Los Aromos, echaba a sus clientes a una hora prudente. Y si el propietario se olvidaba de la hora, estaba su esposa que desde adentro se la recordaba con un par de gritos. Siempre había algunos clientes envalentonados por el vino que se resistían argumentando que no le tenían miedo a nada y si llegaban a toparse con aquellos monstruos nocturnos les retorcerían el pescuezo igual que a gallinas y luego los revolearían por el aire y los dejarían colgados de algunos de los árboles de la calle, de manera que llegada la mañana todo el mundo pudiese ver cómo trataban ellos a estos mamarrachos de ojos fosforescentes y de tres cabezas. El dueño del bar los dejaba hablar un poco, luego los tomaba del brazo, los llevaba hasta la vereda y bajaba la cortina.

Uno de los interpelados todo el tiempo por la gente fue Mariano, el sacristán, que se mostraba tan alarmado como cualquiera, o más que cualquiera, ya que le correspondía a él —dijo— entrar cada mañana en el campanario y colgarse de las sogas de aquellas campanas que cuando se les antojaba se ponían a tocar solas.

Y también hubo quien acudió de nuevo a ver al cura Juan, buscando una palabra de orientación en tanto desconcierto. Pero el cura, con su sordera, seguía sin haberse enterado de nada. Bien mirado, era un caso curioso el de este viejo cura, ya que ni él ni los feligreses consideraban que la sordera fuese un impedimento para la confesión. Es más, se comentaba que esta limitación aumentaba su popularidad y que venían de otras parroquias a confesarse especialmente con él.

Se ofició una misa por el tema de las apariciones, las campanas y los gatos. La iglesia se llenó. Las genias seguían cada acontecimiento de cerca. También estuvieron en esa misa. Con las experiencias de esos días estaban aprendiendo muchas cosas. Y sobre todo a observar a las personas. Y a sacar conclusiones sobre cada una. Trataban de que no se les escapara nada, registraban todos los detalles. Se sentaban en la plataforma de la magnolia y no paraban de hacerse preguntas. ¿Qué buscaban esos continuadores del alboroto que ellas, sin querer, habían iniciado? ¿Qué pretendían las hermanas Santos y la señorita Nogaro? ¿Por qué se dedicaban a infundir más pánico? ¿Y quién las ayudaba? ¿Quién recorría las calles en la oscuridad haciendo esos ruidos y golpeando las puertas y las ventanas? ¿Para qué? ¿Con qué fin? ¿Qué perseguían? ¿Quién tocaba las campanas durante la noche?

La misteriosa persona cuya identidad la Mariscala no estaba autorizada a revelar todavía no llegaba. Mientras tanto los acontecimientos de Los Aromos trascendieron los límites del barrio y se supo que vendrían de un canal de televisión.

Capítulo 18

Por la mañana apareció el camión de la televisión y se detuvo frente a la casona del Coronel y la Mariscala. Como en los días anteriores, se había reunido mucha gente y también habían acudido las tres genias. El conductor del programa era un conocido parapsicólogo, de larga trayectoria en la pantalla. La entrevistada principal sería la Mariscala. Ella se encargaría de guiar al equipo a través del barrio, mostraría los sitios donde habían ocurrido los hechos y presentaría ante cámara a cada uno de los protagonistas. Mientras se esperaba la salida de la Mariscala una adolescente repartió folletos ilustrativos del programa. El lema que encabezaba el folleto era: "La nuestra es una puerta abierta a la investigación de fenómenos que escapan a la comprensión y el razonamiento normales, nos guía el espíritu de conocimiento que es propio del ser humano desde sus más remotos orígenes". Luego seguía una enumeración de temas: fantasmas, criaturas extrañas, monstruos, profecías, apariciones, magia negra y magia blanca, desmaterialización y materialización de cuerpos físicos, levitación, mesas parlantes, ángeles, casas encantadas, combustiones espontáneas. La lista era larga y se hubiese podido elegir una amplia variedad de casilleros donde ubicar los acontecimientos inexplicables que venían alterando la paz de Los Aromos.

Se abrió el portón que daba acceso al parque de la propiedad y apareció la Mariscala montada en el caballo blanco. Fue una aparición bastante impresionante. Era una mañana de sol y la fuerte luminosidad aumentaba la imponencia de la imagen. El caballo estaba lustrado y enjaezado como para un desfile. Realmente un hermoso animal. Pero el gran espectáculo era la Mariscala. Vestía un uniforme que tenía algo de militar pero también de circense. Chaqueta verde, pantalones rojos, botas. Charreteras y botones dorados. Llevaba un sombrero de ala ancha con pluma. Ahora era una verdadera mariscala. La gente enmudeció. El parapsicólogo dio una serie de órdenes. La cámara empezó a grabar. La comitiva se puso en movimiento. Abriendo camino, la Mariscala.

Así que allá fueron. El camarógrafo corría de un lado al otro para tomar a la jineta desde diferentes ángulos. El avance era lento y solemne. El ritmo de la marcha se alteraba de tanto en tanto por un breve e inesperado trote corto o un caracoleo del caballo, y esto le permitía a la Mariscala demostrar su destreza y elegancia en el manejo del animal. Y la cámara grababa. El público mantenía una prudente distancia para no entorpecer el trabajo del equipo de la TV. Había muchas mujeres, madres con sus críos en brazos, hombres que no estaban trabajando, comerciantes que habían abandonado por un rato sus negocios, chicos corriendo adelante y atrás.

La Mariscala tenía el recorrido bien programado y la primera parada fue donde Otilia había sido atacada. Allí estaban Otilia y su hija, esperando, dispuestas a relatar su aventura. Pero no tuvieron muchas oportunidades de hablar. La Mariscala las presentó, permitió que dijeran un par de frases y después contó ella misma la historia de aquel anochecer y reprodujo a su manera la descripción de la extraña bestia y los pormenores relacionados con la cartera y los seres misteriosos que habían intervenido en el rescate de la damnificada. Por lo tanto la cámara estuvo prácticamente todo el tiempo enfocando a la Mariscala.

Luego, con la misma solemnidad, se desplazaron hasta la siguiente parada del recorrido y allí estaba Emilia con su nuera. Hecha la presentación, la Mariscala contó la versión del otro ataque, adornándola con detalles y descripciones que se había guardado para esta segunda parte y que completaban la primera sin incurrir en repeticiones. En cuanto a la tercera aparición de la bestia, la Mariscala no consideró necesario ir hasta la casa de las hermanas Santos. Las hermanas, que formaban parte de la comitiva, se acercaron al caballo, dieron su testimonio y la Mariscala remató la historia como lo había hecho en los dos casos anteriores.

A continuación la comitiva se dirigió a la iglesia. La Mariscala mostró desde afuera el campanario y adelantó algunos pormenores, aunque dejó lo sustancial para después. Acá se originó una breve demora, porque la Mariscala no estaba dispuesta a bajarse del caballo pero tampoco a perder protagonismo. A través del sacristán le solicitó permiso al cura Juan para entrar en la iglesia a caballo y pasar al campanario. Debido a la sordera costó un poco hacerle entender al cura en qué consistía el pedido. Acá los espectadores se pusieron atentos y se preguntaban cómo reaccionaría. El cura captó la idea y abrió los brazos en un gesto de comprensión y asentimiento. Que el animal entrara no podía molestar a nadie —pareció decir—, al fin y al cabo también el caballo era una criatura del Señor. Por lo tanto caballo y jinete subieron los cuatro escalones de mármol y entraron por la gran puerta central. La Mariscala se hizo la señal de la cruz y guió el caballo hacia un costado de la iglesia, hasta la entrada al campanario. Los cascos sonaban fuerte. Sobre el altar ardían algunos cirios. La puerta del campanario era bastante ancha, aunque no tan alta, y la Mariscala debió echarse sobre el cogote del caballo para poder pasar. Se colocó junto a las sogas que caían de lo alto, aferró una y dejó que el camarógrafo trabajara a gusto, tomándola desde diferentes niveles de la escalera caracol. El sacristán tuvo su breve intervención cuando relató los reiterados ingresos y comprobó que no había nadie, ni ahí abajo ni en la plataforma superior. Le tocó el turno a la Mariscala y su relato alcanzó nivel de dramatismo cuando describió el efecto de los campanazos sacudiendo de pronto la calma de las madrugadas, penetrando en cada casa y arrancando a los vecinos de la placidez del sueño.

Terminada la visita al campanario, se dirigieron a la casa de los Beltrán, desde cuya ventana del primer piso el matrimonio había presenciado la primera aparición del fantasma de tres cabezas. Además de la profesora Beltrán, aportó su testimonio la señorita María Jimena Nogaro, que había sido visitada en segundo término por el fantasma. Para concluir, la Mariscala enriqueció ambas versiones con una descripción detallada —basada en relatos anteriores de los mismos testigos y en parte también producto de su propia fantasía— de las características del desplazamiento del fantasma. Desplazamiento que ella definió como un ballet prolongado y burlón, una ráfaga aérea trazando arabescos por encima del pastizal en la primera oportunidad y de las matas del jardín iluminado por la luna en la segunda. Ésas fueron las imágenes que usó.

En la planificación del recorrido la Mariscala había dejado para el final la casa donde había ocurrido el extrañísimo fenómeno de los estorninos y los gatos. El portón estaba abierto. El dueño de casa y su esposa esperaban en el patio. Igual que los protagonistas de los hechos anteriores, tuvieron poca posibilidad de intervención. La Mariscala se encargó de ilustrar lo acontecido. Guió el caballo hasta el fondo del terreno y regresó mientras le hablaba a la cámara y señalaba con el brazo extendido la larga fila de jaulas bajo el alero del tinglado, todavía con los gatos adentro, tal como habían quedado aquella noche. Algunos detalles los iba agregando el dueño de casa cuando levantaba la mano y pedía permiso para meter un bocadillo. Por ejemplo, la descripción del alborotar de los pájaros tratando de salvarse de los zarpazos y la voracidad de los gatos. Lo que contaron entre los dos para la TV era más o menos lo que ya se conocía. De todos modos la historia no dejaba de producir escalofríos cada vez que se la escuchaba. Y la gente hubiese querido hacerle preguntas al parapsicólogo y saber si en su larga experiencia se había topado con un caso similar y qué interpretación se le podía dar a tan rarísimo acontecimiento. En esta etapa del recorrido, en este relato, sin renunciar a su papel de primera figura, la Mariscala se despojó de todo énfasis. Se mostró medida y grave. Ensayó un breve discurso expresando su preocupación por el destino del querido barrio y su maravillosa gente. El papel de mujer altruista y acongojada le salió tan bien como las anteriores actuaciones de esa mañana.

Y luego siguió la última parte de la ceremonia. El dueño de casa, ayudado por otros dos hombres, los tres usando guantes, procedieron a sacar los gatos de las jaulas, los metieron en bolsas de arpillera, cerraron las bocas de las bolsas con varias vueltas de alambre y las cargaron en una camioneta que estaba estacionada en el patio. La camioneta se puso en marcha, salió a la calle y avanzó a paso de hombre en dirección al arroyo. Atrás la Mariscala y luego todo el mundo. Eran unas quince cuadras.

Cruzaron una zona de viviendas pobres y aisladas, perdidas entre las matas de vegetación. Demasiado lejos y ocultas como para haber sido registradas por las fotos desde el campanario. Las nenas nunca habían andado por ahí.

—Lugar ideal para que viva Ángela —dijo Leti—. Abran bien los ojos. A este lugar hay que volver.

Llegaron a la orilla del arroyo. La camioneta se colocó de culata. Descargaron las bolsas con los gatos y las arrojaron al centro del cauce.

Terminada la tarea, la Mariscala le comunicó al parapsicólogo que lo esperaba con todo el equipo en su casa para un almuerzo ligero. Taloneó y se alejó al galope por la calle de tierra. Se detuvo a unos cien metros, se quitó el sombrero, saludó levantándolo en alto y dobló por una calle lateral.

Capítulo 19

Las nenas no terminaban de sorprenderse con tantas novedades y se venían preguntando hasta dónde seguirían. El paseo a caballo de la Mariscala, extravagante, presuntuoso, irreal bajo el sol del mediodía, acababa de acrecentar su asombro. Mientras tanto seguían pensando en los cachorros y cómo encontrarlos. Decidieron que había llegado el momento de hacer una escapada hasta el club El Porvenir y visitar a los abuelos, que desde su cancha de bochas solían esgrimir interpretaciones y soluciones muy particulares ante cualquier problema que se planteara en el resto del mundo. Seguramente aportarían alguna novedosa sugerencia de cómo encarar la búsqueda de Drago, Nono y Piru.

Los encontraron jugando, como siempre que hacía buen tiempo. Pero llegaron en una mala tarde. Apenas se arrimaron a la baranda advirtieron que el aire hervía. Los abuelos estaban embarcados en una de esas discusiones que levantaban mucha temperatura. Las saludaron sin acercarse. Rufino le pegó un grito al encargado del bufé para que trajera tres gaseosas y eso fue todo.

Las nenas estaban ansiosas por hablar de sus perros. Sabían por experiencia que al finalizar cada partida siempre había gran escándalo. Eso era inevitable. Luego, antes de que las bochas volvieran a rodar, sobrevenía un poco de calma y era ahí cuando ellas aprovechaban para que los abuelos les prestaran atención. Pero esta vez la situación estaba peor que nunca. Iñaki y el Oso habían perdido tres partidas seguidas de manera escandalosa y eso los había puesto locos. No paraban de discutir. Estaban que se salían de la vaina por la revancha. Así que casi no hubo pausa y todavía gritando empezaron a jugar de nuevo.

Las nenas no tuvieron más remedio que esperar apoyadas en la baranda, siguiendo las evoluciones de las bochas. Y resultó que Iñaki y el Oso volvieron a perder. Por una diferencia de puntos que daba vergüenza. Lo que siguió fue un altercado apresurado, palabras masticadas, rezongos, acusaciones. La pausa fue menor que antes. Los perdedores se acomodaron en el fondo y se prepararon para iniciar otra partida. Las nenas no habían tenido posibilidad de hablar todavía y se estaban impacientando. En una oportunidad en que Iñaki se arrimó a ellas acompañando una bocha, Leti trató de llamar su atención:

—Abuelo, nuestros cachorros desaparecieron.

Iñaki tardó en contestar y por fin sólo dijo:

—Ya van a regresar, ya van a regresar.

Volvieron a intentarlo cada vez que uno de los jugadores y sobre todo Iñaki pasaba cerca. Pero no había caso. Imposible iniciar una conversación con los viejos. Entonces las nenas pasaron al ataque. En voz bien alta, de manera que resultara imposible no oírlas, por turno, contaron de cómo Ángela había venido a buscar los cachorros con la excusa de dar un paseo y había dejado las tres carteras. Contaron la recorrida por el barrio hasta dar con el carnicero y los otros comerciantes a los que Ángela había engañado con las carteras vacías. Contaron la visita a Simonetto y lo que habían descubierto en el semanario acerca del origen de Ángela.

Todo sin resultado. Los abuelos estaban metidos en lo

suyo y era como hablar con paredes. Las nenas se miraron descorazonadas. Tomaron un breve descanso. Después trataron de perforar la indiferencia de los jugadores cambiando de argumento.

—Nuestro barrio está embrujado —gritó Leti.

—Hay cosas raras que andan de noche por las calles —agregó Vale.

—La gente de Los Aromos está aterrorizada —siguió Caro.

Hablaron de las apariciones de las bestias, del fantasma de tres cabezas, de las campanas que tocaban solas, de los gatos de terracota y los estorninos. Por supuesto no contaron toda la verdad. No podían confesarles a los abuelos que habían sido justamente ellas las que habían dado el puntapié inicial para tanto revuelo. Esa parte de los hechos la omitieron.

Durante una partida completa, desde el costado de la cancha, como asomadas en el escenario de un teatro, no pararon de reiterar sus historias, ya no en voz alta sino vociferando. Era un espectáculo curioso el de aquellos cuatro viejos midiendo al milímetro el comportamiento de las bochas, concentrados, graves, y esas tres nenas contando a los gritos sucesos de monstruos y apariciones y fenómenos inexplicables.

La esperanza era que el relato de hechos tan extraños despertara por fin el interés de los abuelos y los apartara un poco del juego. Entonces aprovecharían para volver al tema de los perros.

La situación no varió. A veces, quizá sólo para no parecer tan descorteses, los abuelos giraban la cabeza, las miraban y comentaban:

—¿Campanas que tocan solas?

—¿Bestias de ojos fosforescentes?

—¿Fantasmas de tres cabezas?

—¿Gatos de terracota que se comen los pájaros?

Y seguían con lo suyo.

Terminado el repertorio de lo acontecido en los días anteriores, las nenas se tomaron otro respiro. Leti, bajando un poco la voz, soltó tres veces su grito de guerra preferido.

—Maldición, maldición, maldición.

Pasaron a contar los acontecimientos de esa mañana. Se esmeraron en describir la figura imponente de la Mariscala sobre su caballo blanco y ese uniforme tan colorido y lleno de brillos. No despertaron mucho más interés que con los intentos anteriores. Por lo menos en el Oso, Sardo y Rufino. Aunque el tema pareció distraer un poco del juego a Iñaki.

Dijo:

—¿Uniforme?

Le tocaba tirar su última bocha, la siguió un par de pasos y luego la acompañó como siempre con el largo gesto de la mano. No consiguió ganar el punto y se le notó la furia en la cara.

—Uniformes —repitió, ahora con bronca.

Murmuró un par de frases que no se entendieron y era evidente que estaba descargando su enojo en alguna dirección porque al desperdiciar esa última bocha acababa de perder otra partida. Mientras tanto Sardo y Rufino gruñían de satisfacción, se burlaban por lo bajo. Iñaki los ignoró.

—Cuando yo era chico —dijo dirigiéndose a las nenas—, en mi pueblo, en el País Vasco, los mayores nos enseñaban tres cosas: jamás pasar detrás de una mula porque patean, no comer frutas verdes porque hacen mal a la panza y mirar siempre con mucha desconfianza a toda persona que lleve uniforme.

—¿Militares? —preguntó Leti.

—De ésos ni hablemos, a ésos ni los nombremos, ésos ya pertenecen a la categoría de asesinos seriales. ¿Saben qué significa asesino serial? Otro día se lo explico.

—¿Qué otros uniformes, entonces?

—De lo que sea.

—¿Por ejemplo?

—Uniformes de los integrantes de cualquier comunidad, de cualquier repartición, de cualquier organismo, de cualquier institución. Hay infinidades de uniformes. Hasta el portero de un hotel, el ordenanza de una oficina pública, para elegir un par de ejemplos al azar, por lo menos mientras vistan uniformes, dejan de ser personas normales y confiables.

—¿Por qué? —preguntó Leti.

—Porque apenas una persona se pone un uniforme le sale lo peor que tiene adentro.

—¿Cómo sería eso?

—Lo peor de lo peor.

—¿Qué es lo peor?

Iñaki movió la cabeza a un lado y al otro y se acarició el mentón.

—Bueno —dijo—, voy a tratar de hacer una pequeña lista para que se den cuenta de qué se trata. Un tipo con uniforme se convierte inevitablemente en soberbio, arrogante, prepotente, pedante, fanático, fatuo, presumido, petulante, engreído, despreciativo, desdeñoso, exaltado, rígido, cerrado, insolente, intolerante, ciego, intransigente, sectario.

Y mientras hablaba miraba de reojo a sus rivales, como si Rufino y Sardo estuvieran uniformados.

—¿Se convierte en todo eso? —dijo Leti.

—Todo eso. Y por supuesto, siempre, siempre, siempre, en un pavo real.

—La Mariscala arriba del caballo se parecía bastante a un pavo real —comentó Vale.

—Ya ven —dijo Iñaki.

De nuevo volvió a mirar fijo a sus contrincantes. Agregó:

—Y a veces hay gente que se convierte en pavo real sin necesidad de ponerse uniforme.

Estaban por empezar una nueva partida y Sardo, antes de jugar su primera bocha, sin duda a manera de respuesta a Iñaki —quien los días domingos solía venir al club trajeado—, comentó:

—Yo jamás en mi vida usé traje y corbata, y ahora que apareció el tema me estaba preguntando: ¿tendrá que ser considerado un uniforme el traje y corbata? ¿entrarán en la categoría de pavos reales las personas que lo usan?

—Pavos reales de traje, corbata y gorra vasca —completó Rufino, ya que así se aparecía el vasco Iñaki los días de fiesta.

Iñaki asimiló el contragolpe en silencio y fue a levantar su bocha. Apenas empezó a rodar la primera, los cuatro se desentendieron del tema de los uniformes. En cuanto al Oso, en algún momento repitió su frase de siempre: "Piensen mal y no se equivocarán". Las nenas miraron un par de jugadas, entendieron que ya no lograrían más nada de los abuelos y se despidieron.

Capítulo 20

Regresaron defraudadas de aquella visita. Habían ido convencidas de que los abuelos les aportarían alguna idea de cómo encauzar la búsqueda de los cachorros y lo único que se llevaban era el discurso de Iñaki sobre los uniformes. De todos modos durante el trayecto no dejaron de pensar en eso, en la figura pomposa de la Mariscala a caballo y la asociación con el pavo real. Eran imágenes sugestivas, atractivas, inspiradoras, y cuando llegaron a la casa de Leti fueron a la magnolia. Necesitaban descargar su frustración de alguna manera. Treparon por la escalera de soga, se sentaron una frente a otra y bautizaron la plataforma con el nombre de Ciudadela del Pavo Real. Hicieron silencio durante unos segundos y luego las tres juntas convocaron a Kivalá:

—Ciatile Naliroca Rialeva.

Esperaron, les llegaron señales desde las ramas altas y supieron que una vez más Kivalá había respondido al llamado. Comenzó Leti y siguió la ronda.

—Había una vez una selva.

—Y como en todas las selvas el soberano era el león.

—Pero resulta que llegó una época en que el león andaba muy deprimido.

—El león había perdido totalmente la autoestima.

—Estaba hecho un trapo de piso el pobre animal.

—Ni hablar de pegar un zarpazo acá y allá cuando algunos de los habitantes de la selva se ponían medio revoltosos.

—Ya no imponía respeto.

—Resumiendo, el león había entrado en una etapa de crisis anímica tan monumental y duradera que la selva se quedó sin rey.

—El león ni siquiera se dejaba ver.

—Se la pasaba tirado en cualquier parte a la sombra de un árbol.

—Despatarrado en el fondo de alguna cueva.

—Mirando el vacío.

—Dormía todo el tiempo.

—Entonces la urraca pensó que ésta era su oportunidad.

—La urraca siempre había soñado con ocupar el trono.

—Así que fue hasta la cueva donde dormitaba el león.

—Primero se asomó y estudió la situación.

—Después avanzó unos pasitos.

—Y pasito tras pasito se fue metiendo cada vez más adentro de la cueva hasta que la corona del león estuvo a su alcance.

—La rozó un par de veces con el pico y luego se animó.

—Le quitó la corona de la cabeza al león y salió retrocediendo en puntas de pie.

—El león ni se movió.

—Ni siquiera se dio cuenta.

—Vaya con un lindo rey león.

—Y así fue como la urraca se sentó en el trono, se colocó la corona y se proclamó soberbia y espléndida soberana de la selva.

—Los demás animales dijeron: Bueno, por fin la urraca se dio el gusto.

—Vamos a ver qué hace ahora esta urraca que tanto quería ponerse la corona.

—Vamos a ver cómo organiza la selva.

—Pero a la urraca ni se le ocurrió ponerse a organizar nada.

—Ni cambiar ningún reglamento.

—Nada de nada.

—Tenía la corona en la cabeza y lucirla era lo único que le importaba.

—Lo primero que hizo fue citar a la marta y nombrarla pintora oficial de la corte.

—La marta usaba su cola como pincel y era reconocida como gran artista.

—La urraca quiso que le pintara las plumas con los colores del pavo real.

—Justamente del pavo real.

—La marta se esmeró e hizo un buen trabajo.

—Con las plumas pintadas la urraca era un espectáculo.

—Cualquier movimiento que hiciera resultaba un espectáculo.

—Ya sea que girara, se sentara, estirara el cuello, abriera un ala o las dos, era un espectáculo.

—La imagen era tan fastuosa, brillaba tanto, que costaba trabajo mirarla cuando le daba el sol de lleno.

—La urraca quiso que ese momento de gloria quedara fijado para la posteridad.

—Y le pidió a la marta que le hiciera un retrato a caballo.

—Para eso mandó traer a la cebra.

—Y la hizo engalanar de todas las maneras posibles.

—Muchos adornos, muchos colores también.

—A tal punto que la pobre cebra sintió un gran alivio cuando le cubrieron la cabeza con arneses dorados.

—Por lo menos de esta manera quedaba bastante disfrazada y se notaba menos que era ella.

128

—Porque sentía una terrible vergüenza de aparecer así en público.

—Y además había una idea que la volvía loca: ¿qué van a pensar mis nietos cuando me vean en un cuadro acicalada de esta manera tan ridícula y con una urraca en el lomo?

—Terminado y aprobado por la urraca, el gran cuadro fue colgado del árbol más alto y en un lugar visible desde cualquier parte de la selva.

—Entonces la urraca tuvo otro antojo.

—Quiso hacerse retratar con todos los famosos de la historia de los animales.

—No fue fácil traerlos porque aquellos eran animales de fuerte personalidad y con pretensiones.

—Por algo eran tan famosos en el mundo entero.

—Fue convocada la Gallina de los Huevos de Oro.

—La Gallina de los Huevos de Oro, como toda vedette, tenía sus caprichos.

—Exigía que la retrataran exactamente en el instante del alumbramiento del huevo de oro.

—Ni un segundo antes ni un segundo después.

—Pero esto ocurría tan rápido que a la marta, por mucho que se apurara, le resultaba difícil la tarea.

—La gallina posó y posó, depositó como doscientos huevos sin que la marta lograra captar el momento justo.

—La gallina se cansó y se fue con el pretexto de que tenía que poner huevos en otra parte.

—Y ahí quedó el retrato, un poco raro, con un huevo medio fugitivo flotando en el aire.

—Y junto a la gallina, la figura de la urraca sonriente, con sus colores de pavo real y el porte solemne.

—La segunda de los famosos convocados fue la Zorra.

—Que también tenía sus berretines de estrella de cine.

—Quería ser captada no sólo en el salto para atrapar el racimo de uvas, sino en el instante preciso en que le pegaba la dentellada.

—Pero por más que intentara, a las uvas no las alcanzaba nunca porque estaban muy altas.

—Y acá hubo una discusión porque la zorra aseguraba que las había mordido.

—Y la marta, que tenía un ojo muy adiestrado, sostenía que no.

—Y la zorra que sí y la marta que no, y ahí estaban.

—Al final la marta le hizo entender sin muchas ceremonias que de ninguna manera estaba dispuesta a falsear la verdad de su arte.

—Así que ahí quedó también el retrato de la zorra a medio camino, sin que se supiera si había llegado o no a las uvas.

—Y junto a ella, muy ceremoniosa, la urraca con su sonrisa.

—Después vino la Rana Saltarina.

—Y otra vez la marta se encontró en dificultades.

—La rana era tan inquieta y tan rápida que casi no daba tiempo para verla.

—Y por más que la marta se apurara apenas alcanzaba a captar y a fijar las patas traseras.

—A veces en el borde superior de la tela y a veces en los costados.

—Pero jamás el cuerpo entero.

—Eso fue lo único que quedó cuando la rana tuvo que partir para una competencia de salto en largo.

—Las patas traseras de la rana y la urraca sonriente.

—Después le tocó el turno al Gato con Botas.

—También aquel gato era un bicho inquieto.

—Alardeaba de sus famosas botas y apenas movía un

130

pie ya se encontraba a siete leguas de distancia y había que esperar que volviera, y no pasaban dos segundos que ya partía de nuevo y así todo el tiempo.

—En la tela quedó un gato bastante fantasmal.

—Y junto a su fantasma siempre la sonrisa congelada de la urraca.

—Por fin llegó el Patito Feo.

—No podía faltar el Patito Feo.

—Otro suplicio.

—Cada cinco minutos dejaba de posar, pegaba la vuelta, se colocaba al lado de la marta y criticaba la pintura.

—Se quejaba de que lo estaba retratando demasiado feo.

—No me gusta, decía, no me favorece.

—La marta trataba de ser lo más delicada y cortés posible.

—Le explicó que ella pintaba las cosas tal como eran y de ninguna manera deformaría la realidad.

—Discusión va, discusión viene, de la tela quedó lo que quedó.

—Pero lo peor fue que antes de irse el pato insultó con términos muy groseros a la marta.

—Le dijo de todo.

—Tenía una boca de cloaca ese patito.

—Acá fue donde la marta perdió la paciencia.

—Estoy harta de tanta pavada, dijo.

—Estoy repodrida de tener que retratar a todos estos tontos.

—A estos tontos y la sonrisa boba de la urraca.

—Así que guardó las pinturas y se mandó mudar.

—Y pasó el tiempo.

—Y la urraca siguió en el trono.

—Y poco a poco con la lluvia y el viento las plumas se le fueron despintando y se acabó eso de ser igual a un pavo real.

—Volvió a ser la urraca de siempre.

—La urraca miserable de siempre.

—Convertida cada vez más en una basura.

—Una porquería total.

—Una inmundicia.

—Una inmundicia absolutamente total.

Las genias respiraron hondo y dieron por terminada la historia. Prestaron atención al silencio y en el silencio a las señales de la partida de Kivalá. Durante un rato se sintieron satisfechas con su fábula. Relacionar el deterioro final de la urraca con un posible destino similar de la Mariscala les aportó una sensación de compensación y desahogo después de la frustrada visita a los abuelos. De todos modos el alivio duró poco. Sus pensamientos volaron más allá de la magnolia y recorrieron las calles, las casas, los días y las noches. En alguna parte de aquel mapa imaginario —vaya a saber dónde—, sus cachorros seguían esperando ser rescatados.

Capítulo 21

Otra vez doblaron las campanas después de medianoche y a partir de las dos hubo un corte de luz que dejó Los Aromos a oscuras hasta el amanecer. Cuando las genias salieron en su recorrida matinal y hablaron con los primeros vecinos nadie podía explicar las causas del apagón. Desde la central eléctrica se aseguraba que no había sido consecuencia de fallas técnicas, que las instalaciones se encontraban en perfecto estado, y también esta señal se sumó a los alarmantes sucesos que venían castigando el barrio.

Eran poco más de las diez. La reunión frente a la casona de la Mariscala se había convertido en una cita obligatoria y las nenas fueron para allá. De nuevo se había congregado una multitud. La gente estaba más alterada que nunca. Las nenas preguntaron si había pasado alguna otra cosa aparte del corte de luz.

—¿No vieron las puertas? —dijo una mujer.

—¿Qué puertas?

—Las puertas de las casas.

Supieron que en muchas casas las puertas de calle habían amanecido con una extraña imagen pintada. Eran todas casas ubicadas hacia la zona oeste del barrio.

Las nenas salieron disparando y fueron a ver. No tuvieron que andar mucho hasta encontrar las primeras. Eran dibujos torpes, similares todos. La pintura utilizada era de color negro, parecía esmalte. La figura representaba la cabeza de un animal. Triangular, cuernos retorcidos, lengua colgando, ojos enormes. Podría asemejarse a la cabeza de un chivo. Incluso en la mansa luz de la mañana aquellos grandes ojos causaban inquietud. Las casas habían sido elegidas aparentemente al azar, una acá, otra allá. Aunque de pronto, en algunas cuadras, aparecían tres, cuatro, con las puertas pintadas una a continuación de otra.

Después de ver unas cuantas, las nenas regresaron corriendo a la casona. Se enteraron de que la Mariscala, a raíz de la aparición de aquellas cabezas, acababa de convocar de urgencia a la misteriosa persona con poderes cuya identidad no estaba autorizada a revelar. Llegaría de un momento a otro. La estaban esperando.

Poco antes de las once apareció un coche en el extremo de la calle.

—Allá viene —dijeron varios.

Se apartaron para darle paso. El portón de la quinta se abrió, el coche entró, el portón volvió a cerrarse. La gente alcanzó a ver que en el asiento posterior iba una figura femenina, con sombrero y anteojos oscuros.

A partir de ahí comenzó una prolongada y tensa espera. Pasó una hora, una hora y media. En una oportunidad la mucama se asomó e informó que la Mariscala, el Coronel y la misteriosa persona seguían reunidos. En la calle el número de vecinos aumentaba. Era cerca de la una cuando el portón volvió a abrirse, el coche salió con su enigmática ocupante y se fue veloz por donde había llegado.

Siguieron minutos de gran excitación, todos querían saber qué había pasado. Esperaban que saliera la Mariscala y les informara. Pero nuevamente fue la mucama la que apareció.

—Atención, por favor —dijo.

Llamó a cuatro personas para que ingresaran. Tenía un

papel en la mano con los nombres anotados. La Mariscala y el Coronel las estaban esperando para una nueva reunión. De las convocadas dos eran las hermanas Luisina y Delia Santos, las que decían haber recibido la visita de la bestia después de Otilia y Emilia. La tercera era la señorita María Jimena Nogaro, la gerente del banco, que aseguraba haber visto el fantasma de tres cabezas en su jardín. La cuarta era el licenciado Méndez, el dueño de la inmobiliaria.

Esta segunda reunión duró más o menos una hora. Alrededor de las dos la puerta se abrió y los que habían entrado estuvieron de nuevo en la calle. Los recibió un bombardeo de preguntas. Pero tampoco ahora hubo información. La señorita Nogaro pidió calma. Explicó que el tema era más serio de lo que cualquiera podría suponer y que había varios problemas a resolver. Habían acordado constituir una comisión de veinte vecinos para discutirlo. Los cuatro que acaban de salir y dieciséis más. Los otros dieciséis fueron elegidos entre los presentes por la misma señorita Nogaro. Después, los veinte se encaminaron a la Sociedad de Fomento donde mantendrían una tercera reunión a puerta cerrada, para considerar lo conversado en la casona y tomar decisiones.

La Sociedad de Fomento estaba a seis cuadras y allá fueron, los veinte adelante y la multitud atrás. La comisión se encerró y el resto siguió en la calle, esperando y especulando. Las nenas no paraban de moverse, iban de grupo en grupo, escuchaban. Por ahora lo único que lograban acumular eran más y más interrogantes.

Los veinte salieron a la calle cuando ya eran casi las cuatro de la tarde y por fin se pudo saber paso a paso todo lo que había sucedido desde la llegada de la misteriosa persona convocada por la Mariscala hasta ese momento.

Tomó la palabra Delia Santos. Repitió que la situación era grave. Eso había manifestado una y otra vez la señora con poderes apenas se le expusieron los hechos. En realidad, el análisis de esa señora había sido lapidario. El estado de la zona oeste del barrio podía compararse al de una ciudad sobre la cual se hubiera abatido una peste. Para ser concisos y para que se entendiera rápido, la señora había calificado a esa zona como un enfermo casi terminal. Había usado de manera reiterada dos expresiones: una gran calamidad, zona condenada. Los estragos serían grandes, tanto para las cosas como para los animales y la gente. En su larga experiencia la señora llevaba registrada una frondosa lista de casos análogos. A veces se había tratado de casas aisladas, a veces de barrios como ahora, otras de pueblos enteros y también de zonas rurales. No siempre los ataques tenían la misma intensidad y de acuerdo con las características podían llegar a ser atenuados o controlados. Pero cuando se insinuaban con tanta fuerza e insistencia como acá, cuando llegaban al extremo de las marcas en las puertas, sólo cabía esperar que fueran en aumento. Por supuesto que la señora en cuestión, si bien a la distancia, ya mismo empezaría a trabajar aplicando todos sus poderes para ayudar al barrio de Los Aromos en este trance tan grave.

Después de esta exposición, en la puerta de la Sociedad de Fomento siguió un largo silencio. Luego alguien se atrevió a preguntar qué significaba la imagen en las puertas.

—La señora se refirió a la aparición en las puertas como *la efigie de aquello que no se nombra* —explicó Luisina Santos.

La definición produjo un impacto fuerte.

Otra voz preguntó:

—¿Y no se podrán tapar las marcas de las puertas con pintura?

—Esa posibilidad fue considerada por la señora —siguió Luisina Santos—. Raro que la pintura dé resultado. Por lo menos en agresiones de estas magnitudes. No hay que olvidarse de un detalle: por más capas y capas que se le pongan encima, ahí abajo, instalada, enquistada, siempre estaría acechando aquella imagen de los ojos enormes y la lengua colgante. Y lo más probable es que vuelva a aflorar en cualquier momento. La señora enumeró algunos casos en los que, en principio, una buena capa de pintura funcionó. No hace mucho, en un ataque que probablemente no tenía la suficiente virulencia o fue interceptado a tiempo, bastó cubrir las puertas con una única mano de pintura y la agresión se detuvo. Pero ése no parece ser el caso de nuestro barrio.

La Santos hizo una pausa. Luego, sacudiendo la cabeza, concluyó que ahí, en Los Aromos, las posibilidades de éxito por ese camino aparecían como remotas. Aunque se podía probar. Con probar no se perdía nada.

Tomó la palabra la señorita Nogaro.

—Por eso —dijo—, en esta reunión de los veinte vecinos, aun teniendo en cuenta las nefastas premoniciones de la señora, se resolvió hacer un intento. Hasta tanto se vislumbre otra salida, si es que aparece alguna, se podría empezar por aplicarles una mano de pintura a las puertas y esperar los resultados. No hay mucho más que nosotros podamos hacer. De todos modos, vuelvo a recalcarlo, las conclusiones de la señora no dejan dudas. Hay que ser realistas. Estamos mal.

Ahora en la calle el silencio era total.

—Bien—siguió la Nogaro—, paso a la segunda parte de esta cuestión de la pintura. Si bien la señora insistió en que con toda seguridad sería una solución pasajera y un intento inútil, quizá sirva para liberarnos por lo menos durante horas, quizá durante algunos días, de la visión de esas imágenes tan amenazadoras y horripilantes. Pero, y esto que voy a decir es de fundamental importancia, escuchen bien, presten atención, por favor abran bien los oídos, lo primero y principal es que a nadie se le ocurra ponerse a tapar personalmente la figura aparecida en la puerta de su casa. Las consecuencias de esa intervención son imprevisibles. Podrían resultar peligrosas para cualquiera que metiera mano. También podría ocurrir que no le pase nada. No se sabe. Ésa es la verdad. La señora hizo hincapié en este detalle y su consejo fue que, llegados a la decisión de cubrir esas cabezas monstruosas, se buscara la forma de arriesgar lo menos posible. Y una forma de arriesgar lo menos posible es que una sola persona se encargue de pintar todas las puertas.

Acá la señorita Nogaro respiró hondo, por unos segundos interrumpió su discurso y entre la gente hubo murmullos y fue evidente que el desconcierto aumentaba más y más. Y con el desconcierto también el temor.

—Así que en la reunión deliberamos sobre el tema —siguió la Nogaro—, nos preguntamos a quién podía encargársele la pintura de las puertas y llegamos a una posible sugerencia.

—¿A quién se le podría encargar? —preguntaron varias voces.

—Es una cuestión delicada y para aprobarla resolvimos exponerla a la consideración general.

—¿Quién? —repitieron las voces.

—La comisión pensó que esa persona podría ser Sandoval, el pintor.

A Sandoval lo conocían todos, pintor de brocha gorda, buen trabajador, hábil en su oficio, aunque muy amigo de la botella y era más común verlo acodado al mostrador del boliche con un vaso de vino delante que trepado a la escalera. De todos modos la gente lo apreciaba y toleraba porque se trataba de una persona honesta, servicial y respetuosa, y de tanto en tanto alguien lo llamaba para alguna changa, ya que cuando tenía un trabajito para hacer abandonaba por un rato la botella y era prolijo en lo suyo. Vivía en una construcción miserable, en la orilla oeste del barrio, en uno de los terrenos que bajaban hacia el arroyo, con su mujer y cinco chicos.

Después de escuchar el nombre del elegido siguió un nuevo silencio. Nadie quería ser el primero en arriesgar una aprobación. Todos esperaban que otro tomara la iniciativa. Una sola voz solitaria, al fondo, argumentó:

—Bueno, si no oí mal, la persona con poderes convocada por la señora Mariscala no afirmó que pintar las puertas fuese absolutamente peligroso. Quizá no le pase nada al que lo haga. Esa señora sólo sugirió que no tenía sentido correr riesgos inútiles y que lo mejor para todos era optar por el mal menor.

Fue el único comentario.

La señorita Nogaro, después de una espera prudencial, volvió a hablar:

—Si alguien no está de acuerdo que levante la mano.

Nadie se movió. La señorita Nogaro volvió a tomarse su tiempo y luego selló la propuesta:

—Ya que nadie se opone sugiero que la moción se considere aprobada por unanimidad.

A Sandoval cada cual le pagaría lo que valía un trabajo de ese tipo. Se eligieron cuatro representantes para ir a avisarle que debería empezar a la mañana siguiente. Todos dieron por descontado que Sandoval, cuyos días libres transcurrían en una nebulosa, entre la barra del boliche y la catrera de su casa, ni siquiera estaría enterado de las novedades del barrio y que no tenía sentido complicar las cosas explicándole las características especiales de la tarea que lo esperaba.

Mientras tanto, hasta que la imagen no estuviera cubierta —ésta también había sido una recomendación de la señora convocada—, aquellos que vivían en las casas señaladas no deberían usar las puertas. Muchas casas solían tener una entrada lateral. En caso de que no la tuvieran deberían ingeniárselas y salir y entrar por las ventanas.

Cuando los cuatro que habían ido hasta el boliche regresaron la gente seguía reunida. Confirmaron la aceptación del trabajo por parte de Sandoval. Entonces pidió la palabra la señora Angélica, vieja maestra jubilada y alma caritativa. Si bien era cierto, como acababa de señalar un vecino, que la señora convocada por la Mariscala no había afirmado que la tarea de pintar las puertas fuese absolutamente peligrosa y sólo lo había insinuado como una posibilidad, era obligación de todos ellos tenerlo en cuenta. Por lo tanto, para cubrir toda eventualidad, además de la paga establecida por el trabajo, no estaría de más realizar una colecta y reunir algunos fondos para —llegado el caso de que quedara sola y sin amparo con sus cinco chicos— entregárselos a la mujer de Sandoval. La propuesta causó un poco de sorpresa y al comienzo nadie reaccionó ni a favor ni en contra. Por fin le pareció razonable a todo el mundo.

Capítulo 22

Después de la agitación del día, los vecinos de Los Aromos fueron a dormir intuyendo que una vez más los esperaba una noche enemiga. En efecto las campanas volvieron a alterarles el sueño y un nuevo apagón sumió el barrio en la oscuridad hasta el amanecer. Por la mañana, además de las puertas pintadas del día anterior, aparecieron muchas otras.

El trabajo de Sandoval se había duplicado. Empezó muy temprano, apenas comenzaba a clarear, el sol todavía no había asomado. Un grupito madrugador, media docena de personas, lo precedía. Sobre la marcha elaboraban una guía del recorrido, para establecer un orden en la tarea y evitar que Sandoval perdiera tiempo con desplazamientos inútiles. Iban y venían con el mapa en la mano, lo acompañaban de casa en casa y después de cada pintada le marcaban cuál sería el próximo paso.

Y así avanzaron en la mañana luminosa y llegaron al mediodía y siguieron por la tarde sin un minuto de descanso y lo único que bebió Sandoval durante todo el tiempo fueron largos tragos de agua de una botella que alguien se encargaba de mantener llena. Los vecinos que habían quedado para el final eran los que más se preocupaban por el progreso de la pintada. Temían que llegara la noche y no se consiguiera completar el trabajo. Ansiosos, no se despegaban de Sandoval y controlaban los relojes y calculaban el número de puertas que aún faltaban y sacaban cuentas de cuánto se demoraba en cada una. Sandoval demostró estar a la altura de los acontecimientos. Era un hombre fuerte todavía, conocía su oficio y trabajaba a una velocidad que se podría decir vertiginosa. Su pincel volaba. Las puertas eran muchas, pero no imposibles de pintar en el día.

Mientras tanto también tuvo su intervención el cura. Fueron a buscarlo en un coche y lo pasearon por el barrio. El cura lanzaba agua bendita hacia las casas desde la ventanilla. Cuando se cruzaron con Sandoval el coche se detuvo y el tarro de pintura y el pincel también recibieron su bendición.

Al atardecer, en la Sociedad de Fomento se llevó a cabo la colecta propuesta por la señora Angélica. La urna, de gran tamaño, precintada, estaba colocada sobre una mesa, en la vereda, para que fuera bien visible. Y mientras Sandoval seguía transpirando en las calles cercanas, la gente se fue arrimando, cada cual con un sobre cerrado que contenía su contribución. Desfilaron los que habían sido afectados con las puertas marcadas y también los demás vecinos de la zona oeste que por prevención se sumaban al aporte solidario. Inclusive aquellas personas de edad y alguna muy gorda cuyas casas disponían de una sola puerta y tenían dificultades para salir por las ventanas quisieron decir presente. Cada una entregó su sobre a un vecino y éste, antes de meterlo en la urna, anunciaba en voz alta, para que todos se enteraran, el nombre del contribuyente. Nadie quería pasar inadvertido. Y hubo algunos sobres que estaban tan gordos que a duras penas pudieron ser introducidos en la ranura. Después todo el mundo se fue quedando en la calle frente a la Sociedad de Fomento, esperando el momento de la apertura de la urna. En cuanto a la

Mariscala y el Coronel, no trajeron ni enviaron su sobre. Habían avisado que luego harían un aporte extraordinario.

El sol ya estaba bajando cuando Sandoval cruzó con su tacho de pintura y su pincel por una de las esquinas. El recorrido lo había llevado a pasar cerca de la Sociedad de Fomento. Le llamó la atención la gente reunida y se desvió un momento para averiguar qué ocurría. Cuando lo vieron venir hubo un movimiento de inquietud y los últimos que se disponían a introducir su sobre en la urna se contuvieron.

—¿Qué está pasando? —preguntó Sandoval.

Uno de los vecinos que había pensado una respuesta rápida le contestó que estaban realizando una colecta para los damnificados por las terribles inundaciones en una provincia del norte. Sandoval dijo que él también quería colaborar, metió la mano en el bolsillo, se acercó a la urna y todos vieron cómo introducía un billete en la ranura. Luego siguió viaje con su tacho y su pincel.

Llegó el momento de comenzar el recuento de lo recolectado. El secretario de la Sociedad de Fomento rompió el precinto de la caja, quitó la tapa y volcó el contenido sobre la mesa. Las personas a cargo del recuento eran tres. Una iría rasgando los sobres y se los pasaría a la segunda. La segunda extraería el dinero y lo contaría. La tercera anotaría las cantidades en una planilla.

El primer sobre que se abrió sólo contenía recortes de papel de diario. El desconcierto fue grande y un murmullo uniforme recorrió la calle. Cuando se abrió el segundo y se vio que también contenía papel de diario, el murmullo aumentó. Fue igual con el tercero, el cuarto, el quinto, el sexto. Solamente pedazos de papel de diario.

La gente se arrimó para poder ver mejor. El encargado

de abrir los sobres seguía probando. Tomaba uno más, lo mostraba, lo rasgaba, extraía recortes de diario y los iba tirando al piso. Los otros dos ayudantes, el que debía contar los billetes y el que sostenía la planilla, permanecían inactivos, esperando. A medida que la operación avanzaba el murmullo se transformó en silencio. Se podía oír el rasgarse del papel. Ahora cada uno de los presentes estaba deseando que apareciera por lo menos un sobre con algo de plata para poder decir: "Ése es el mío". Pero nadie pudo decir nada porque todos contenían recortes de diarios. El único dinero que salió de aquella caja, y apareció hacia el final, fue el billete que Sandoval había introducido a la vista de todo el mundo.

Después de que se hubo abierto el último sobre, a lo largo de la calle, en el aire que se ensombrecía, reinó una sensación de estupor que se prolongó un tiempo, hasta que los presentes comenzaron a escabullirse y a dispersarse, sin hablar, sin mirarse, seguramente deseando llegar cuanto antes a sus casas y que la distancia y luego la noche establecieran una barrera con ese día y que el asunto de la urna y sus papeles inservibles quedara atrás.

Permanecieron sólo los encargados del acto de recuento. Entraron la urna, entraron la mesa, la puerta de la Sociedad de Fomento se cerró. Ya oscurecía. Sandoval, en alguna parte del barrio, a la luz de un farol estaba completando su tarea de la jornada.

144

Capítulo 23

La luz se cortó poco después de medianoche. En cambio las campanas demoraron en hacerse oír. Los vecinos de Los Aromos, insomnes en sus camas, las esperaron con los ojos abiertos en la oscuridad. Iba pasando el tiempo y la calma nocturna, que debería haber funcionado como una señal prometedora y de alivio, sólo contribuyó a aumentar la inquietud. También el gran silencio era una amenaza. Esta vez las campanas repicaron muy tarde en la madrugada.

Por la mañana, uno después de otro, los vecinos se fueron asomando cautelosos de sus cuevas a la luz del nuevo día. Algunos se estiraron a través de las ventanas para poder mirar su puerta de entrada, otros salieron a la vereda por la puerta lateral o por los portoncitos de los jardines. Los temores que les habían alterado el sueño durante la noche se confirmaron. Había noticias esperándolos. No sólo nuevas puertas con *la efigie de aquello que no se nombra*, sino que la marca había vuelto a aflorar en muchas de las que habían sido cubiertas por el pincel de Sandoval.

Todo esto seguía ocurriendo únicamente en Los Aromos Oeste. Los habitantes de la zona este miraban desde lejos, sin sentirse involucrados, sin dejarse distraer, apenas con cierta apática curiosidad, como si se tratara de otro país y por primera vez se pusiera en evidencia la frontera imaginaria entre los dos sectores del barrio.

Y hubo algo más esa mañana: sobre los tapiales habían aparecido gatos de terracota similares, por no decir iguales, a los de la casa de las jaulas y los estorninos. Una buena cantidad de gatos. Uno acá, otro allá. En algún muro, dos juntos. Pequeñas esfinges dominando las calles. Cuando se los encontraban, los vecinos cruzaban de vereda. Y en más de uno se instaló la sospecha —y así lo comentó— de que quizá se tratara de los mismos que habían devorado a los estorninos y ahora habían regresado desde el fondo del arroyo. Transitar por el barrio significaba someterse a la doble amenaza de los grandes ojos fijos de las imágenes en las puertas y la presencia vigilante de los gatos.

En cuanto a las nenas, lejos del temor del resto de la población, cada encuentro con una de aquellas figuras sobre los muros les recordaba la frustrada excursión nocturna y acrecentaban la impaciencia, la impotencia, la urgencia por encontrar un camino que las llevara hasta sus cachorros.

Nadie se animó a tocar los gatos y en cuanto a las puertas la situación se presentaba igual o peor que el día anterior. De nuevo la gente se movilizó hacia la casona de la Mariscala. Temprano ya, aquella cuadra era todo revuelo y nervios. Pese al descontrol evidente se hablaba bajando la voz, como si se temiera ser espiado y escuchado más allá de la concentración.

Cuando se abrió la puerta de la casona no salieron ni la mucama ni la Mariscala, sino el comisario de policía. Reiteró que después de un exhaustivo trabajo de los expertos se había llegado a la conclusión de que el nuevo corte de electricidad, lo mismo que el anterior, no se debía a desperfectos técnicos. Seguían sin encontrarle explicación. La luz se iba y volvía a su antojo. Informó además que durante esa noche había puesto a su gente en la calle, la totalidad del personal disponible, para patrullar la zona oeste del barrio, que era la amenazada. Los informes recibidos por la mañana hablaban de normalidad, tranquilidad absoluta. Los policías no habían advertido nada extraño. Sin embargo, al amanecer, se encontraron con la sorpresa de que en las puertas de nuevo habían aparecido las repulsivas imágenes de las cabezas de chivo. Igual que la señora Mariscala y el Coronel, el comisario opinaba que Sandoval debía seguir con su trabajo de colocar capa tras capa de pintura allí donde apareciera la figura siniestra. Así que ya mismo había que ir a buscarlo. Mientras tanto su consejo era que la gente no saliera de las casas durante la noche. La policía seguiría cumpliendo con su tarea de vigilancia. Por el momento no podía decir más que eso. Y ahora debía retirarse porque lo reclamaban múltiples obligaciones.

El comisario partió. En ese instante apareció el coche del Senador y la gente lo rodeó. Hablaban todos al mismo tiempo. El Senador se apeó y levantó ambos brazos solicitando tranquilidad.

—Antes que nada tenemos que conservar la calma —dijo—. No sucumbamos al pánico. El pánico no lleva a ninguna parte. No vamos a entregarnos así nomás. Entregarnos significaría escapar, abandonar nuestras casas, mudarnos, renunciar a nuestro barrio. Para ese momento falta mucho. Ese momento todavía no llegó.

—¿Qué se supone que deberíamos hacer? —preguntó uno.

—Permanecer unidos y mantener la fe —tronó con firmeza el vozarrón del Senador—, ésa es nuestra mejor defensa.

Se fue desplazando entre la gente mientras repetía todo el tiempo, como si estuviera impartiendo una bendición:

—Unidos y mantener la fe, unidos y mantener la fe.

147

La consigna circuló y contagió un poco de optimismo. No mucho.

Un hombre preguntó si el señor Senador consideraba que tenía sentido seguir pintando las puertas tal como había sugerido el comisario. El Senador apoyó la idea de insistir con la pintura y emitió algunas consideraciones —siempre entusiastas aunque quizá un tanto difíciles de entender— con respecto al papel desempeñado por Sandoval, quien en sus palabras resultó algo así como un soldado de la luz luchando contra las fuerzas de la oscuridad. Por ahora no disponían de otra arma que avanzar en esa dirección. Y confiar que, en la lucha, la faena del día al final prevaleciera sobre la agresión de la noche.

Se oyeron varias voces, un poco más convencidas, que repitieron:

—Permanecer unidos y mantener la fe.

Cuatro tipos partieron en busca de su paladín: Sandoval, pintor de brocha gorda, único combatiente en ese enfrentamiento con lo desconocido.

Un rato después Sandoval estaba recorriendo de nuevo las calles con su pincel y su tarro de pintura.

Capítulo 24

Deambularon por las calles y luego, pese al escaso éxito de la última visita a los abuelos, los pasos las fueron llevando en dirección al club El Porvenir. Quizá tuvieran suerte y los encontraran más serenos. Y de no ser así estaban decididas dar con la forma de hacerse escuchar. Esta vez llevaban dos problemas. Uno seguía siendo la búsqueda de los cachorros. El otro era la situación del barrio, cada vez más grave. Sobre ambos enigmas confiaban poder arrancarles a los viejos algunas de sus interpretaciones siempre tan particulares.

Antes de llegar convinieron en invertir el orden de las historias. Primero intentarían atrapar el interés de los abuelos con las misteriosas amenazas que venían alterando las noches y los días de Los Aromos. La experiencia de la visita anterior les había demostrado que por ese camino las cosas pintaban más fáciles. Además ahora se había agregado el asunto de las puertas con las cabezas de chivo y ése era un tema bien serio. No dudaban de que semejante detalle, por más que estuvieran muy metidos en sus partidas de bochas, despertaría por lo menos la curiosidad de los viejos. La cuestión de los cachorros la dejarían para después.

Seguían con el inconveniente de no poder contarles toda la verdad a los abuelos. Debían omitir el dato de su intervención en el arranque de aquel enorme embrollo.

Primero con las torpezas de Botafogo, luego con el encierro en el campanario, la escapada nocturna, la liberación de los estorninos, los gatos y el fantasma de tres cabezas. Ese costado secreto deberían guardárselo. Lo cual las enfrentaban con un problema. Su relato sufriría una omisión importante: no les sería posible denunciar a las hermanas Santos y a la señorita Nogaro como farsantes, puesto que no podían justificar de qué manera estaban enteradas de que mentían. Por lo tanto también carecerían de argumentos para pedirles a los abuelos una opinión acerca del posible propósito de todas esas invenciones.

En resumen, tener que silenciar esa parte de los hechos les planteaba serias dificultades. Y para superarlas debían apelar a algún tipo de estrategia. Una estrategia que les permitiera guiar a los abuelos por el caminito que ellas pretendían, y tratar de que entendieran el relato de la manera en que ellas necesitaban que lo entendiesen. Creyeron encontrar una posible solución modificando y exagerando ciertas características de los personajes que participaban en la historia.

Los abuelos estaban en la cancha de bochas, como de costumbre. Se los veía calmos y por lo tanto en condiciones de prestarles un poco de atención. Después de los saludos y el pedido de las gaseosas fue Leti la que intentó abrir fuego:

—Nuestro barrio sigue con problemas —dijo en voz alta.

Eligió mal el momento, una bocha estaba empezando a rodar y neutralizó todo posible efecto de sus palabras. Esperó una nueva oportunidad y volvió al ataque.

—En nuestro barrio la situación se está poniendo grave, más que grave, gravísima, estamos al borde de una catástrofe, puede llegar a pasar cualquier cosa.

Esta vez logró por lo menos unas miradas de interés de los abuelos. De todos modos no hubo más que eso y siguieron con el juego. Las genias no se desanimaron. Hablando por turno, sin prisa, a viva voz, esforzándose por ser lo más claras posible, expusieron un resumen de lo acontecido desde el comienzo. Primero, pese a que ya lo habían contado la vez anterior, se demoraron con gran lujo de detalles en repetir la aparición inicial de la bestia terrorífica de ojos fosforescentes. Y acá aplicaron lo que habían considerado como el primer paso de su plan estratégico. Y ese primer paso consistía en declarar a las protagonistas de aquel encuentro con la bestia —la Otilia y la Emilia— como dos señoras un poco locas o bastante locas o más bien completamente locas.

—La Otilia y la Emilia son dos delirantes, un par de chifladas, superchifladas, archichifladas, dos mujeres que pueden llegar a ver cualquier cosa, cualquier disparate, así que nunca se sabe si lo que cuentan es cierto, medio cierto o un desvarío total.

De todos modos se apuraron a aclarar que, así como la Otilia y la Emilia eran chifladísimas, también eran buenísimas, incapaces de lastimar a nadie, jamás inventarían algo con la intención de perjudicar a otros, en resumen, dos señoras dignas, sensibles, con un corazón de oro, que escribían poemas muy bellos. En cuanto a honestidad, lo mismo podían decir de la profesora Beltrán y su esposo, que habían visto el fantasma de tres cabezas desde la ventana del primer piso de su casa. Aunque ese matrimonio tenía un problema. En realidad, dos problemas. Los pobres eran muy cortos de vista y además vivían obsesionados con cuestiones de aparecidos y fantasmas y mensajes del más allá y todas esas cosas. Pero también ellos, sin ninguna duda, excelentes personas, almas bondadosas y caritativas, que no dañarían ni una mosca. Así que, concluyeron las nenas, los delirios de la Otilia, de la Emilia, de la profesora Beltrán y su esposo, debían atribuirse a estas rarezas de sus personalidades y no a mala intención.

Hasta ese momento las genias sólo habían logrado atraer una atención muy relativa de los abuelos, alguna nueva mirada de tanto en tanto, entre jugada y jugada.

Pasaron a la segunda fase de su plan: las historias de las hermanas Santos y la señorita Nogaro, que supuestamente se habían enfrentado con la bestia y el fantasma después de la Otilia y la Emilia y del matrimonio Beltrán.

Acá las nenas descargaron toda la artillería contra las Santos y la Nogaro. Aseguraron que las tres eran personas horribles, envidiosas, intrigantes, siempre hablando mal del prójimo, capaces de cualquier monstruosidad con tal de hacer daño.

—No queremos entrar en detalles para no aburrirlos, pero tenemos una lista interminable de las perradas que estas mujeres han hecho en el barrio.

—Son unas pérfidas absolutas.

—Unos esperpentos.

—Depravadas.

—Infames.

—Desalmadas.

—Degeneradas.

—Porque nosotras que las conocemos bien estamos seguras, más que seguras, archiseguras, de que se inspiraron en los delirios de la Otilia, la Emilia y los Beltrán y planificaron sus inventos nada más que por el placer de crearles preocupaciones y atemorizar a los demás. Nada más que por eso.

—O vaya uno a saber con qué otros fines oscuros y siniestros que ignoramos.

152

Acá hicieron una pausa y esperaron alguna señal de interés de los abuelos, pero no vieron gran cosa.

Entonces siguieron con la embestida.

—Si todo el asunto hubiese parado con esas falsedades el problema no sería tan grave.

—El drama es que el ataque creció y continúa creciendo cada día más.

—Las campanas siguen tocando, la luz se corta durante la noche y por la mañana aparecen unas figuras monstruosas pintadas en las puertas de las casas.

—Unas cabezas como de chivos, con ojos enormes, cuernos y la lengua colgando.

Leti se tomó sus buenos minutos en la descripción de aquellas figuras horrorosas.

Cuando terminó, estuvieron seguras de que el asunto de las cabezas de chivos en las puertas surtiría efecto. Pero los abuelos habían seguido jugando su partida de bochas, iban y venían a lo largo de la cancha y no se los veía demasiado asombrados y mucho menos escandalizados por lo que escuchaban. Era como si hubiesen oído miles de casos similares y esos acontecimientos les resultaran normales. A lo sumo, además de algunas miradas distraídas, preguntaban:

—¿Y qué más?

—¿Y después qué pasó?

Las nenas seguían de todos modos, aunque por más que exageraran y dramatizaran ya se les estaban acabando los argumentos y por supuesto también la esperanza de despertar la curiosidad de los abuelos. Entonces apareció un detalle en apariencia sin importancia y que por eso no habían mencionado antes: la amistad entre las hermanas Santos y la señorita Nogaro.

—¿Amigas? —preguntó Iñaki demostrando un interés súbito.

153

—Sí —contestaron las tres.

Iñaki se arrimó a la baranda.

—¿Esas señoras son amigas? —insistió.

—Sí.

—¿Muy amigas?

—Sí, se las ve siempre juntas.

También los otros abuelos se habían acercado, como si el de la amistad fuera el único dato que les llamara la atención en todo lo narrado. Iñaki reflexionó en voz alta:

—Así que siempre juntas.

Miró a los compañeros de juego como pidiendo opinión.

—Compinches —dijo Rufino.

—Socias —dijo Sardo.

Iñaki hizo una pausa prolongada y remató:

—Aliadas.

Las nenas no entendían a qué respondía esa repentina unión e interés de los viejos, pero les sirvió para retomar fuerzas y volvieron sobre el tema de las historias falsas.

—Insistimos, es obvio que las Santos y la Nogaro inventaron todo —dijo Vale.

—Y también es obvio que lo demás, lo que vino después, fue una patraña organizada por alguien a partir de la gran farsa inicial. Y la pregunta que nos hacemos es la siguiente: ¿organizada por quién? —dijo Caro.

—Porque las Santos y la Nogaro no pudieron haber hecho todo ellas solas —siguió Leti—. Quiero decir lo de las campanas, lo de los gatos en los tapiales, lo de los cortes de luz, lo de los chivos en las puertas. Alguien más tiene que andar metido en esto. ¿Quién las está ayudando? ¿Con qué fin?

Ahora en la cancha se produjo un silencio prolongado.

—Veamos la primera pregunta —dijo Iñaki—. ¿Quién las ayuda? Ése es el tema. Reflexionemos un poco.

154

El Oso, Sardo y Rufino habían dejado las bochas en el suelo y permanecían atentos a lo que diría Iñaki.

—Empecemos desde el comienzo. Disponemos de un dato fundamental, sabemos que estas dos fulanas Santos y esta otra fulana Nogaro son amigas, ¿verdad?

—Sí —dijeron las nenas.

—Amigas, socias, aliadas, cómplices y todo lo demás, ¿verdad?

—Sí.

—Bien, entonces para seguir avanzando en la investigación acá corresponde aplicar el único método que en estos casos nunca falla.

—¿Y cuál sería? —preguntaron las nenas.

—El método inductivo-deductivo.

—¿Y cómo sería el método inductivo-deductivo?

—Se la hago simple para que entiendan. Supongamos un grupito de personajes que son compinches, socios, ya saben a qué me refiero. Esos personajes son A, B y C. ¿Entendido?

—Entendido —dijeron las nenas.

—Bien. Un día descubrimos que A, B y C andan en cosas raras. ¿Entendido?

—Entendido.

—Luego aparece en escena el personaje E y nos enteramos que A, B y C son amigos suyos y entra a formar parte del grupo. ¿Estamos?

—Estamos.

—Entonces resulta más que obvio que también E anda metido necesariamente en cosas raras. ¿Está claro?

—Clarísimo.

—Más tarde podría ser que aparezca un amigo de E que es F. Después, un amigo de F que es G. Y también integran el grupo inicial y están siempre juntos. Esto admite una sola interpretación, o sea que desde el primero al último, todos, andarán metidos en cosas raras. ¿Vamos bien? ¿Hasta acá lo ven claro?

—Muy bien, muy claro.

—Ahora volvamos a lo nuestro y llamemos a los protagonistas por sus nombres. Para empezar tenemos a las hermanas Santos y la señorita Nogaro, ¿verdad?

—Sí.

—Lo que a continuación debemos hacer es aplicar la pregunta adecuada.

—¿Cuál sería la pregunta adecuada?

—La más simple, la más lógica.

—¿Por ejemplo?

—Por ejemplo: ¿de quién más son amigas, pero realmente amigas, las Santos y la Nogaro?

—¿Eso es lo que debemos preguntarnos? ¿De quién son amigas?

—Sí, ¿de quién?

Las nenas se miraron. No tuvieron que pensarlo mucho. Tenían la respuesta. Las Santos y la Nogaro eran amigas de la Mariscala. Muchas veces las habían visto concurrir a la casona. Además, recordaron, habían sido seleccionadas para integrar el grupo de cuatro personas cuando se estaba tratando, en una reunión muy privada, el problema de los chivos en las puertas.

—Sabemos que las tres son grandes amigas de la Mariscala —dijo Leti.

—Bien —dijo Iñaki—, ahora hay que seguir por ese camino.

—¿Y cómo sería seguir por ese camino?

—La respuesta se cae de madura. Lo que corresponde es preguntarse: ¿Y la Mariscala de quién es muy amiga? Y una vez contestado, cuando aparezca el nuevo nombre, preguntar otra vez, y así seguir el hilo, siempre preguntando: ¿de quién es amiga o amigo? ¿de quién es amigo o amiga?

Las nenas, un poco sorprendidas y otro poco confundidas, no estaban seguras de haber entendido. Empezaban a ver algo, pero no sabían bien qué. ¿Adónde pretendía llegar Iñaki?

—¿Y así seguir hasta cuándo, hasta dónde? —preguntó Leti.

—Así subiendo siempre, eslabón por eslabón en la cadena, siguiendo el rastro, atando cabos, uniendo datos, hasta llegar al corazón de lo que se mantiene escondido y todos los nombres implicados y todo el andamiaje de manejos turbios queden a la vista. Y les puedo asegurar que al final quedarán absolutamente en evidencia.

Los otros tres abuelos aprobaron la teoría moviendo la cabeza.

—Ya ven qué simple e infalible es el método inductivo-deductivo —concluyó Iñaki.

Entonces intervino Sardo:

—Y ahora si me permiten quisiera referirme a la segunda parte de la pregunta: con qué fin esas señoras y sus cómplices hacen todo esto. De acuerdo con mi larga experiencia puedo asegurarles lo siguiente: detrás de este tipo de cosas raras siempre hay gente conspirando para algún negocio sucio.

—Y por lo que contaron, no hay duda de que en vuestro barrio se está cocinando un negocio sucio —agregó Rufino.

—Sucio, sucio, muy sucio —dijo Iñaki.

—Piensen mal y no se equivocarán —dijo una vez más el Oso.

Acá parecieron terminarse los argumentos de los cuatro viejos y también su interés en la historia de Los Aromos. Las nenas permanecieron unos segundos en silencio, impactadas por lo que acababan de escuchar. Después intentaron abordar el segundo de los problemas que habían llevado: la desaparición de los cachorros. Pero en la curiosidad de los abuelos ya no quedaba espacio para más. Habían ido a levantar sus bochas y se aprestaban a reanudar el juego. Las genias supieron que al menos por ese día no volverían a atraparlos.

Se encaminaron hacia su barrio a paso lento, muy serias, comentando sobre aquel encuentro y el asunto de las amistades y el negocio sucio. En el cielo pasó un avión en dirección al aeropuerto y les trajo la imagen de Ángela temblando y la pregunta de dónde estarían Drago, Nono y Piru.

Capítulo 25

Durante el camino de regreso asumieron que a esta altura de los acontecimientos se encontraban ante un doble desafío. Por un lado, tal como lo venían intentando, encontrar una pista que las llevara a sus cachorros. Por el otro, se sentían ante la obligación de lanzarse a investigar lo que ocurría en Los Aromos.

Llegaron a la casa de Leti y fueron directamente a la magnolia. Treparon rápido, se sentaron enfrentadas y se colocaron en posición de pensar: las piernas cruzadas, los codos sobre los muslos, la cabeza entre las manos. La solemne contundencia del discurso de Iñaki acerca del método inductivo-deductivo entró a funcionar como un estímulo poderoso. Estuvieron así, en silencio, un buen rato. Después, sin cambiar de postura, los ojos fijos en las tablas de la plataforma, empezaron a barajar nombres, se empeñaron en acoplar eslabón tras eslabón, trataron de remontar la cadena según lo sugerido por Iñaki. Pero no llegaban demasiado lejos. Había un momento en que se empantanaban, los eslabones parecían no encajar, la cadena no progresaba. Partían todo el tiempo detrás de cualquier pista hacia cuyo final les pareciera vislumbrar un indicio de claridad. Sus cabezas eran un atropellarse de sugerencias inconclusas, ideas que prometían, que les brindaban la esperanzada sensación de estar a punto de capturar una respuesta, una conclusión válida. Ideas a las que siempre, a último momento, les faltaba aliento para terminar de aflorar. Y así seguían. Escarbaban, recordaban, asociaban, se perdían de nuevo. Las preguntas eran las mismas que se habían venido repitiendo todos esos días: ¿quién más estaba detrás de eso? ¿había alguien que desconocían? Y, gran incógnita: ¿por qué lo hacían? ¿cómo lo hacían? ¿cuál era el objetivo final? ¿qué se proponían?

Hasta que Leti dijo:

—De esta forma, por más que pensemos y pensemos, no vamos a ninguna parte.

—¿Entonces?

—Tenemos que averiguar personalmente lo que está pasando.

—¿Averiguar qué?

—Tenemos que ir a ver.

—¿Ver qué, dónde?

—De noche.

—¿De noche qué?

—Tenemos que investigar quién anda poniendo las marcas en las puertas.

—¿Y cómo se hace?

—Organizando otra salida nocturna —concluyó Leti.

Era una propuesta grande. Una propuesta con mayúscula. Después de que Leti la formulara, callaron de nuevo. No era fácil tomar la decisión de otra incursión nocturna. Ya no se trataba de ir a averiguar dónde se encontraban prisioneros unos cachorros. Ahora la noche estaba llena de amenazas. Ignoraban con qué se podrían encontrar. Recordaban los resultados de la experiencia anterior, el pánico, la huida. De todos modos, también era cierto que de aquella aventura no les llegaba únicamente el recuerdo del miedo sino también el placer de la enorme excitación. Ahora oscilaban entre resistirse a la tentación de la pro-

160

puesta o aceptarla y zambullirse de cabeza en ella. A medida que pasaban los minutos la idea les resultaba cada vez más tentadora. Siguieron masticando el tema, sin hablar, tensas, suspendidas.

Fue otra vez Leti la que habló:

—¿Lo hacemos?

Lo había dicho en voz baja, susurrándolo, como si alguien más allá de la magnolia pudiese escuchar. Ni Caro ni Vale contestaron.

—¿Lo hacemos? —repitió Leti después de un rato.

Caro y Vale seguían calladas.

Se oían, lejos, ruidos de motores. Ladridos. Voces apagadas que llegaban de las casas vecinas. Un golpear de martillo. Un llanto de bebé. El llanto de bebé se impuso sobre todo el resto. No terminaba nunca. Y durante ese tiempo, allá arriba, ellas eran como tres aves cazadoras al acecho. Eran como un grito en el instante anterior a ser liberado. Eran tres nenas por cuyas venas galopaba una sangre tumultuosa y en cuyas cabezas batallaban pensamientos y exigencias de embestidas. Eran Leti y Caro y Vale, las tres genias del barrio Los Aromos, concentradas en el corazón de la magnolia, un nudo de tensión a punto de desatarse.

—Vamos a hacerlo —dijo Vale de pronto y el sonido de su propia voz la asustó un poco.

Hubo otra pausa.

—¿Cuándo? —preguntó Caro.

Nueva pausa.

—Esta noche —dijo Leti.

Ya estaba decidido. Cambiaron de posición. Se echaron de espaldas sobre la plataforma y se quedaron mirando las variaciones de los destellos de luz que jugaban a través de la espesura del follaje movido por la brisa.

Capítulo 26

Cenaron, se acostaron, esperaron el apagón y apenas se produjo saltaron de la cama. Como la noche de los estorninos y los gatos metieron unos almohadones debajo de las mantas simulando un cuerpo y se descolgaron por las ventanas. Había una luna fuerte que las nubes tapaban todo el tiempo. En cierto sentido ahora resultaba más fácil cualquier tarea de investigación porque las calles estaban vacías. Ni un alma, ni una luz y esa luna fugitiva que aparecía y desaparecía. Las nenas rumbearon hacia la zona oeste. De pronto, en el silencio nocturno, tocaron las campanas. En ese momento se encontraban a unas dos cuadras de la iglesia y aquellos mazazos en la quietud las paralizaron. Fue como si por el aire acabara de cruzar una señal dirigida a ellas, descubriéndolas, señalándolas. Se detuvieron, sorprendidas e indecisas. Durante unos segundos no hablaron. Los campanazos se acallaron y Vale preguntó:

—¿Qué hacemos?

—Seguir —dijo Leti.

—¿Seguir en qué dirección?

—Propongo que primero nos acerquemos a la iglesia, a lo mejor podemos averiguar algo.

Se desviaron del camino que llevaban y se deslizaron a lo largo de un muro que terminaba en una plazoleta, a un costado de la iglesia. En la plazoleta buscaron protección detrás de una fuente de piedra, de un par de metros de altura, sin agua. Acababan de acomodarse cuando las campanas tocaron por segunda vez y el sonido fue más impresionante que antes. Desde su refugio las nenas trataban de ver la punta del campanario que se perdía arriba en la oscuridad.

—Dos —susurró Vale.

Todas las noches las campanas tocaban tres veces. Y la tercera no se hizo esperar. Se extinguió el último tañido y alrededor sólo hubo silencio y tinieblas. Aquél parecía un barrio abandonado.

Imaginaron a la gente en sus camas, los ojos fijos, prestando atención a los campanazos. Sintieron temor y se apretaron aun más detrás de la fuente.

—¿Y ahora? —dijo Caro.

—Esperemos —dijo Leti.

No tuvieron que aguardar mucho. Apenas unos minutos. La puerta de la sacristía se abrió y salió alguien. Esforzaron la vista pero no pudieron ver gran cosa. Entonces, con cuidado, se movilizaron detrás de aquella sombra y comenzaron a seguirla. Se asomó un poco de luna y cuando la figura cruzó una bocacalle la reconocieron.

—Mariano, el sacristán.

Era inconfundible con ese andar un poco titubeante que le conocían. Llevaba algo colgado de la mano derecha. Parecía un balde o un tarro.

—Ya sabemos quién toca las campanas.

En realidad este descubrimiento las sorprendió y no las sorprendió al mismo tiempo. Al fin y al cabo no podía ser de otra manera. Que el sacristán fuera quien tocaba las campanas era la respuesta más lógica. Quizá, de ahí en más, todo tuviera respuestas tan simples. Quizá el secreto fuera no enredar demasiado las preguntas y entonces las respuestas aparecerían por sí solas y por el camino más sencillo.

Anduvieron detrás del sacristán por varias calles, manteniendo la distancia. El sacristán se detuvo en una esquina. Había alguien esperándolo. La otra figura era alta y gruesa. Enorme, en realidad. Se notaba que llevaba sombrero y algo así como una capa que le cubría todo el cuerpo y le llegaba hasta los pies. De inmediato se pusieron en acción. Las nenas pudieron deducir lo siguiente: el sacristán era quien pintaba las puertas y el otro parecía indicarle cuáles debía pintar. Cada tanto aquellos dos atravesaban la calle y seguían en la vereda de enfrente.

—Acerquémonos un poco —dijo Leti.

Avanzaron un trecho. Su gran aliada, tanto para distinguir lo que ocurría con esos tipos como para ocultarse cuando se desplazaban hacia adelante, era la intermitencia lunar. En la esquina siguiente a la cuadra que estaban recorriendo el sacristán y su acompañante hubo un breve destello de luminosidad. Otro le contestó, ahí nomás, cruzando la calle, casi a la altura de donde se encontraban las nenas, tan cerca que si en ese momento hubiese habido luz de luna podrían haberlas descubierto. Los destellos parecían las llamitas de encendedores. El sacristán y el grandote se movían entre esas dos señales. Las señales se prendían y se apagaban y se iban corriendo a medida que los que pintaban las puertas adelantaban en su tarea.

Advertidas de la presencia de esos guardianes, las nenas habían aumentado un poco la distancia. Estaban en una calle con plátanos de troncos gruesos y se desplazaban con breves corridas. Se detenían de árbol en árbol, las tres juntas, pegadas una a otra, la primera contra el tronco, las otras dos contra la espalda de la que la precedía.

Una vez más se prendió el encendedor que las nenas tenían más cerca y a la fugaz luz de la llama pudieron ver que eran dos las personas montando guardia en este extremo de la cuadra. Y que usaban uniformes. Eran policías. Y seguramente hubiera dos más del otro lado. Luego, un breve golpe de claridad lunar les permitió verlos mejor. Permanecían indolentes, contra la pared. Uno de ellos encendió un cigarrillo. Así que ésa era la situación. Otra que patrullar las calles nocturnas para seguridad de la población, como había afirmado el comisario. Estaban ahí para garantizarles un trabajo cómodo y sin tropiezos a los que andaban embadurnando las puertas, para evitar que alguien se acercara a la zona y los descubriera.

¿Y quién sería el grandote que acompañaba al sacristán? Ésta era otra de las grandes preguntas que ahora hervía en la cabeza de las nenas. Se la formularon en voz baja en varias oportunidades:

—¿Quién es el otro?

La estatura, la anchura del cuerpo, lo abultado de su estómago, que se evidenciaba aun con la capa que lo cubría, no eran comunes. Todo eso podían verlo pese a la oscuridad. Se animaron y trataron de ubicarse más cerca. Y luego se animaron un poco más todavía. La figura del grandote las remitía a alguien. Había un nombre que andaba rondando desde el comienzo, ninguna lo había mencionado, pero las tres estaban pensando lo mismo. Todo el tiempo se decían:

—Tratemos de mirar bien.

—Fijémonos en todos los detalles.

Y más miraban, más trataban de escrutar a través de la noche, y más aquel personaje se parecía a la persona que se resistían a ver. Les costaba aceptarlo. Ese que tenían ahí a pocos metros no podía ser el Senador, al que tantos consideraban el gran benefactor del barrio. No podía ser por mucho que se le pareciera.

—Puede ser cualquiera, hay mucha gente grande y gorda en el mundo —dijo Vale.

Volvían a desplazarse a medida que aquellos dos y sus guardaespaldas se movían, cada vez más arriesgadas. Se esforzaban por arrancarle a la noche el misterio de aquel sombrero y aquella capa. E insistían:

—Parecería imposible.

Y así siguieron. De calle en calle y de árbol en árbol. Negándose a aceptar.

—Es difícil de creer.

Mientras tanto iban pasando delante de las puertas pintadas y podían entrever que el dibujo era el mismo, el chivo de largos cuernos y grandes ojos y lengua colgando.

Hasta que algo en los movimientos de las dos figuras les hizo saber que la tarea de esa noche había terminado. En efecto, parecieron intercambiar un par de frases y en el cruce siguiente se separaron y se fueron. También se esfumaron los policías. Las nenas esperaron largos minutos antes de arriesgarse hasta la esquina donde habían desaparecido. Cuando se animaron, no vieron nada ni hacia un lado ni hacia el otro. Estaban impresionadas por lo que habían presenciado y también atemorizadas. Entonces tomaron conciencia del gran silencio que las rodeaba. Se encontraban solas en la noche inmensa y vacía. Separadas de todo, de sus casas, de sus familias. Y ahí, mientras todavía no se decidían a ponerse en movimiento, después de haber estado espiando a otros a lo largo de esas calles, les parecía que ahora la negrura estaba poblada de ojos que las espiaban a ellas. Cautelosas, emprendieron el regreso. Tenían muchas cosas para decirse, muchas preguntas para hacerse. Una de ellas, la más urgente, era acerca de la figura grande y oscura que dirigía la pintada de las puertas. A la mañana siguiente las esperaría una reunión de peso en la plataforma de la magnolia.

Capítulo 27

Temprano las genias subieron a la magnolia con la pregunta que las había perseguido toda la noche. Habían soñado con ella. ¿Aquella figura en la oscuridad era o no era el Senador? Recordaron la advertencia de los abuelos sobre un gran negocio sucio y el método inductivo-deductivo de Iñaki. Buscaron y encontraron el nombre del refugio para esa oportunidad: se llamaría Plataforma del Personaje Sinuoso. Guardaron silencio unos minutos y convocaron a Kivalá con la fórmula de siempre.

—*Ciatile Naliroca Rialeva.*

Esperaron, oyeron un leve rumor de hojas, percibieron unas líneas de luz rastrillar la plataforma y supieron que una vez más Kivalá había acudido. Una pausa y Leti arrancó:

—Había una vez.

—Había una vez un bosque.

—Había una vez un bosque donde las cosas andaban a los tropezones.

—Los animales se habían olvidado de las viejas reglas de la buena convivencia.

—Se habían vuelto egoístas.

—Se habían vuelto indiferentes.

—Se habían vuelto mezquinos.

—Y en general bastante pusilánimes.

—Cada cual se preocupaba únicamente por lo suyo.

—Así que ante ese abandono general apareció un gru-

167

pito que aprovechó para tomar iniciativas y proponer innovaciones.

—Los demás animales los dejaban sugerir y se encogían de hombros.

—Total no tenía importancia, decían todos.

—Aquel grupito estaba integrado por bichos muy tontos, pensaban.

—La hiena y la iguana.

—El buitre y la comadreja.

—El chacal y la marmota.

—Ésos andaban siempre juntos.

—Y como ninguno de los demás animales nunca decía ni que sí ni que no aquella sociedad de los tontos siguió adelante.

—Se reunían en las zonas más sombrías y parloteaban en secreto.

—Y de pronto se aparecían con una idea nueva para introducir mejoras en el bosque.

—Los otros seguían encogiéndose de hombros.

—Decían que sí, decían que bueno, que adelante, que estaba todo bien, repetían que carecía de importancia.

—Un día el grupito innovador propuso el proyecto de *Luz más luz*.

—Se trataba de mantener iluminados los senderos del bosque también de noche para seguridad de sus habitantes.

—Para eso consiguieron la colaboración de las luciérnagas.

—Luego vino el proyecto de *Aire más aire*.

—Y esto se logró gracias a la colaboración de los castores que se dedicaron a voltear árboles y más árboles.

—De este modo se aumentaron los claros del bosque y por lo tanto los grandes espacios para ir de picnic y practicar deportes.

—Hay que decir que los demás animales se sorprendieron un poco con estas iniciativas de los tontos.

—Porque los consideraban realmente tontos.

—Y al fin y al cabo esos emprendimientos aparecían como bastante sensatos y hasta inteligentes.

—Después vino la modernización de la aguada.

—Se construyó un cerco alrededor para evitar el peligro de que se cayeran los animales pequeños.

—Y se estableció un perfecto sistema de circulación con el cual se beneficiarían todos.

—Eso sí, había que abonar un peaje mínimo, una insignificancia, que sería usado para el mantenimiento del cerco y la limpieza de la aguada.

—Mientras tanto empezaron a pasar cosas raras en el bosque.

—Cosas que no habían pasado nunca.

—Hubo robos.

—Robos durante la noche.

—A los pájaros les sustraían los huevos de los nidos.

—A las abejas les saqueaban los panales.

—A la colonia de conejos le robaron su reserva de zanahorias.

—Las ovejas se acostaban a dormir y cuando despertaban estaban esquiladas y de la lana ni noticias.

—Entre los animales hubo gran desconcierto y no sabían a qué atenerse.

—Hasta que un día se abrió la tierra y asomó la cabeza el topo.

—Amigos, dijo el topo, todos saben que soy ciego de nacimiento, pero no hace falta tener ojo de lince para darse cuenta de dónde vienen ciertas cosas y que detrás de esto hay un negocio sucio.

—¿Negocio sucio?, dijeron todos.

—Tal como lo oyen: gran negocio sucio.

—Por favor, explíquese mejor, señor topo.

—Las luces de las luciérnagas sirven para que la hiena, la iguana, el buitre, la comadreja, el chacal y la marmota anden de correría toda la noche y mientras los demás duermen puedan robarles y llevarse los productos sustraídos a los depósitos de su empresa exportadora.

—¿Empresa exportadora?, dijeron todos.

—Esos depósitos son tan enormes que hundieron varias de mis galerías. Puedo mostrarles los daños causados cuando quieran. Toneladas de productos.

—¿Toneladas de productos?

—En cuanto a la aguada es otro negocio redondo. Se la pasan arrojando bolsas de sal en el agua para que los animales tengan siempre sed y el desfile de los bebedores no termine nunca y el pago del peaje tampoco.

—¿Bolsas de sal?

—Con respecto a los árboles volteados por los castores, van a parar a una fábrica de escarbadientes que el grupo mantiene funcionando a todo vapor. También para exportación.

—Después de escuchar al topo hubo gran revuelo entre los animales.

—Un desconcierto de marca mayor.

—Todos se preguntaban de dónde sacaban tantas ideas la hiena y sus compinches siendo que eran los más tontos del bosque.

—Y llegaron a la conclusión de que alguien debía estar asesorándolos.

—Entonces uno de los animales recordó haber visto, en las reuniones de aquellos tontos, una misteriosa figura a la que no había podido identificar porque se mantenía en lo más hondo de la sombra.

—En realidad varios de los animales admitieron haber advertido aquella presencia.

—Pero en su momento no le habían dado importancia porque pensaron: bah, un tonto más que se suma al grupo de tontos.

—Pero ahora empezaron a hacerse preguntas.

—¿Quién era esa dudosa figura?

—Cuando los animales intentaron avanzar un poco más en el tema la investigación se frenó.

—Porque de seguir hubiesen debido aceptar que aquella misteriosa y sinuosa imagen les recordaba a alguien que jamás podría haber sido socio de aquellos tontos, que además de tontos ahora se habían convertido en mafiosos.

—En resumen, hubiesen tenido que admitir que aquella figura oculta en la sombra se asemejaba de manera extraordinaria al armiño.

—Y esto resultaba impensable teniendo en cuenta que el armiño era el ser más puro del bosque.

—Absolutamente inadmisible si se consideraba la antiquísima tradición de virtud y pureza que caracterizaba a la especie de los armiños.

—A tal punto que era bien sabido que los armiños preferían dejarse matar antes que huir atravesando aguas sucias que mancharan su piel inmaculada.

—Y ahí andaban ahora los habitantes del bosque con ese problema.

—Y aunque en su imaginación aquella figura escondida se pareciera más y más al armiño, también era cierto que se obstinaban más y más en negar esa posibilidad.

—Porque así era su mentalidad.

—Si en la historia del bosque alguien había sido colocado sobre un pedestal seguiría manteniéndose ahí pasara lo que pasara e hiciera lo que hiciera.

—No habría nada capaz de bajarlo de ese pedestal de privilegio.

—De privilegio y de devoción.

—Así era la naturaleza de aquellos animales.

—Les hubiese producido un pánico tremendo la simple insinuación de la caída en la delincuencia de una figura tradicional e intocable como el armiño.

—Ni siquiera se atrevían a pensar una cosa semejante.

—Sucediera lo que sucediera, hubiesen preferido no ver.

—Por lo tanto si a algún despistado se le ocurría sugerir la posible complicidad del armiño se apuraban a cuestionarlo, a poner en duda todo lo que dijera, a tratarlo de delirante.

—En esos días apareció por el bosque el pelícano, que se estaba tomando unas vacaciones tierra adentro.

—Cuando se enteró de lo que pasaba dijo: Miren, muchachos, acá yo estoy de turista, pero los escuché con atención y no puedo dejar de meter el pico.

—Si tiene algo que aportar lo escuchamos, dijeron los animales.

—Esto no es tan difícil como parece, siguió diciendo el pelícano. Nosotros en el mar, cuando salimos a pescar arenques y se nos presenta alguna duda sobre lo que anda nadando allá abajo, aplicamos el método del razonamiento inductivo-deductivo que es infalible.

—¿Y cómo hacen?

—Nos miramos entre los hermanos pelícanos y comenzamos preguntándonos: ¿tienen colas de arenques? Si la respuesta es sí, pasamos a la pregunta siguiente.

—¿Cuál es?

—¿Tienen aletas de arenques?

—¿Y después?

—¿Tienen cabezas de arenques?

172

—¿Y qué más?

—¿Nadan como arenques?

—¿Y entonces?

—Si todas las respuestas son afirmativas entonces no hay duda de que se trata de un cardumen de arenques y ahí nomás nos lanzamos en picada.

—¿Jamás falla el método inductivo-deductivo?

—Jamás. El método inductivo-deductivo es bárbaro y no le erramos nunca. Así que si quieren ya saben cómo aplicarlo.

—Después de su discurso el pelícano partió a seguir disfrutando de sus vacaciones.

—Los animales enmudecieron.

—Y así estuvieron, sin hablar, sin siquiera mirarse uno a otro, sin animarse a tomar ninguna determinación.

—Sin animarse a nada.

—Hasta que uno de ellos logró murmurar en voz baja: ¿y ahora qué se hace?

—Y la pregunta fue corriendo de boca en boca.

—Y lo mismo al otro día y al otro y al otro.

—Y todavía sigue dando vueltas y hasta el viento la aprendió.

—Y cuando mueve las hojas de los árboles lo que se escucha en todo el bosque es un eco que dice: ¿y ahora qué se hace?

—Un eco que repite día y noche sin parar: ¿y ahora qué se hace? ¿y ahora qué se hace?

Ésas fueron las últimas frases de la fábula de esa mañana. Y cuando Kivalá hubo partido las genias permanecieron meditando un tiempo largo. El personaje que hasta hace unos días, en Los Aromos, podría haber sido considerado como un equivalente del armiño, ahora no les merecía ninguna devoción ni respeto ni nada parecido. Había

173

una gran diferencia entre lo que murmuraba el viento en las ramas de aquel bosque y lo que les sugería la brisa que movía las hojas de la magnolia. El mensaje era otro. Las genias sí hubiesen sabido qué hacer. Con gusto la hubiesen emprendido a garrotazos con el Senador. Y ya comenzaban a elaborar su próximo plan de acción.

Capítulo 28

Por fin las nenas confeccionaron una lista —seguramente incompleta— de los personajes asociados en la confabulación contra el barrio. Anotaron, en clave, los nombres en una hoja de cuaderno. Doblaron la hoja y la deslizaron en la ranura de una de las tablas de la plataforma. Todavía no lograban formarse una idea, ni siquiera aproximada, de los posibles objetivos finales del complot. Estaban seguras de que, teniendo en cuenta los mecanismos utilizados hasta el momento, el ataque se volvería más virulento a medida que avanzaran los días.

Conocían el domicilio de los involucrados y a partir de ahora se dedicarían a vigilar de cerca cada uno de sus movimientos. De todos modos, su principal coto de caza, el centro de su área de acción, sería la zona cercana a la casona del Coronel y la Mariscala.

Salieron por la mañana y volvieron a pasar por las calles que habían recorrido la noche anterior detrás de los embadurnadores y su custodia policial. Ahí estaban las cabezas de chivo en las puertas. Ahora que conocían su origen aquellas figuras ya no causaban tanta impresión. En la gente, en cambio, el clima de alarma, el temor, seguían en aumento.

Desconcertados, los vecinos se adaptaban lo mejor posible a las circunstancias, lo mismo que sucede en cualquier catástrofe natural. Aquellos cuyas casas habían sido señaladas, algunas por primera vez, otras por segunda vez, no habían vuelto a utilizar las puertas. Inclusive se evitaban aquellas puertas en las que la capa de pintura de Sandoval parecía haber surtido efecto. En las casas que carecían de salida alternativa seguía habiendo gran actividad a través de las ventanas, usaban bancos y escaleras. Los más perjudicados eran los ancianos que no podían trepar y permanecían prisioneros. Se hacían traer las provisiones por los repartidores de los almacenes. Si alguno vivía en un primer piso, se manejaba con un canasto y una soga.

Las nenas pasaron esa mañana dando vueltas sin ver nada que valiera la pena más allá de la confusión habitual. Cada vez que aparecía un avión pensaban en Ángela. Hubiesen querido que este problema del barrio se resolviera rápido y bien, para poder volver a dedicarse por entero a la búsqueda de sus cachorros. Hicieron un alto al mediodía y regresaron por la tarde. Ya había bajado el sol, pronto comenzaría a oscurecer, cuando vieron el coche de las hermanas Santos ingresar por el portón de la quinta de la Mariscala. Llegó también el de la Nogaro. Poco después, dos coches que desconocían. A continuación los del licenciado Méndez y el del comisario.

—Parece que hay reunión —dijo Leti.

—Reunión general —dijo Vale.

Los momentos que siguieron fueron de desesperación para las nenas: toda aquella gente dentro de la casona y ella allí afuera, sin saber qué sucedía, sin poder acceder a nada, sin enterarse de nada. El hecho de que se juntaran era una evidencia significativa. Quizá se estarían elaborando planes nuevos, otras formas de ataques. ¿Qué andarían tramando ahora? ¿Cuál sería el próximo paso?

Entonces, mientras daban vueltas alrededor de la propiedad de la Mariscala y la luz menguaba, Leti propuso actuar una vez más.

—Tenemos que entrar —dijo.

—¿Entrar dónde?

—En la casona.

—¿Cómo?

—Por el parque. Saltamos el muro.

—¿Y después?

—No sé. Después veremos. A lo mejor tenemos suerte y podemos acercarnos a la casa y ver qué pasa adentro.

Tenían un problema. Se estaba haciendo de noche y era hora de regresar a sus propias casas. Por lo tanto debían inventar algo para que sus padres se quedaran tranquilos. Se acordaron de Federico. Vivía cerca. Corrieron a verlo, no le contaron la verdad, argumentaron que tenían una pista sobre los cachorros, que debían ir solas. Cada una habló por teléfono con su madre y, como la vez de Botafogo, les avisaron que estaban con Fede, que se quedaran tranquilas, que él las acompañaría, llegarían antes de la hora de la cena. A Fede le recomendaron que si llegaban a llamarlas sus madres inventara una historia creíble, cualquier cosa, que dijera que estaban en la casa de una vecina, jugando a algo, lo que fuera. Luego salieron disparando hacia la casona de la Mariscala. Se habían prendido los faroles.

Buscaron, en el fondo del parque, un sitio por donde saltar. Por esa calle no había tránsito y pudieron actuar con comodidad. Les costó un poco de trabajo trepar debido a la altura del muro. Pero encontraron puntos de apoyo y además las nenas eran hábiles en andar escalando muros y subiéndose a los árboles. En la media luz del anochecer al parque se lo veía inmenso. Muy arbolado, semejaba un bosque. Sabían que no se toparían con perros guardianes. La razón —se comentaba— era la renguera que obligaba al Coronel a usar aquel bastón con mango de plata. La versión oficial hablaba de una herida en el campo de batalla. En realidad —ése era el rumor que corría—, la herida había sido provocada por la feroz mordedura de un perro cuando el Coronel era chico. Y desde entonces no sólo odiaba sino que les tenía pánico a los perros. Ésa sería la razón de que no los hubiera en su propiedad. Las nenas bordearon un laguito, pasaron junto a la caballeriza y al mirar hacia el interior distinguieron en la sombra la mancha clara del caballo de la Mariscala. Cuando estuvieron cerca de la casona se detuvieron a estudiar la situación. La planta alta estaba iluminada y dedujeron que era ahí donde se llevaba a cabo la reunión. Había un gomero, enorme, centenario, una de cuyas gruesas ramas horizontales llegaba hasta cerca de un ventanal. Igual que en la magnolia también las hojas del gomero ofrecían una buena protección. Así que treparon por el tronco y después, a caballo de la rama, se fueron deslizando hacia el ventanal. La posición era inmejorable. Habían logrado acercarse tanto que era como estar dentro de aquel gran salón: un ambiente lujoso, con tapices en las paredes y una gran araña colgada en el centro. Además de la Mariscala, el Coronel, las hermanas Santos, la Nogaro, el comisario de policía y Méndez, las nenas vieron a dos desconocidos que evidentemente no eran del barrio. También estaba el Senador, al que no habían visto entrar. La mucama les servía té y café. Las genias podían oír lo que se hablaba allá adentro con toda nitidez. Dedujeron que habían llegado a tiempo y que la reunión todavía no había comenzado. En efecto, unos minutos después la mucama se retiró, las puertas de la gran sala se cerraron y el Senador se puso de pie.

Se había ubicado en la cabecera de la larga mesa y cuando estuvo parado se demoró mirando fijo al frente, serio. Presentaba un aspecto muy diferente del que las nenas le conocían, siempre tan ceremonioso, tan amable y tan sonriente. Ahora, pese a la flojedad de la gordura, era una cosa concentrada y rígida, cargada de tensión. Era otra persona. Mantenía las manos grandes y gordas abiertas sobre la mesa. Arrancó:

—Bien, señoras y señores, tengo el inmenso placer de comunicarles que hasta acá las cosas marcharon a la perfección, tal como lo teníamos previsto. No los distraeré haciendo historia, sólo les diré que muy pronto bordeando Los Aromos dispondremos del anunciado cruce de dos autopistas que, entre otros múltiples beneficios, elevarán notablemente los valores de las propiedades y colocarán al barrio en una ubicación estratégica. Quiero dedicar una mención especial a la visionaria operación impulsada hace un tiempo por la gerente del banco, la señorita Nogaro, con la colaboración del licenciado Méndez, a través del ofrecimiento de préstamos y los posteriores premeditados desalojos, operación que marcó el puntapié inicial para el grandioso proyecto en el que hoy todos los aquí presentes estamos empeñados. Habernos montado sobre los acontecimientos de las bestias que atacaron a esas dos buenas señoras, las campanas y el fantasma de tres cabezas, que en realidad no sabemos de dónde surgieron y por qué surgieron, pero que me atrevo a catalogar de providenciales, fue un acierto extraordinario y debemos felicitarnos por haber actuado con tanta celeridad. Los resultados están a la vista. La zona oeste de Los Aromos, que es lo que nos interesa, está convulsionada, asustada, prácticamente colapsada, y no debemos dejarlos respirar y aplicar el mazazo final y aprovechar el desconcierto y no permitir que nadie tenga la más mínima oportunidad de pensar siquiera un segundo, ni una milésima de segundo, ni el más mísero pensamiento. Pánico y más pánico es lo que hay que continuar sembrando en las próximas horas. Pero tampoco es posible seguir con el terror de manera indefinida porque hasta eso puede llegar a convertirse en una costumbre, por lo tanto éste es el momento de doblarles la muñeca, de retorcerles bien el pescuezo, y dar el paso definitivo. Y dar ese paso significa comenzar con las compras de propiedades. Ya veremos quiénes serán los primeros candidatos en vender. Probablemente se tratará de aliados nuestros, pero se les sumarán otros y luego el efecto contagio será incontenible porque a medida que las cuadras y las manzanas se vacíen de habitantes y se conviertan cada vez más en bocas a las que se les caen los dientes, les puedo asegurar que los pocos que vayan quedando sentirán crecer día a día y noche a noche el peso de la soledad y el terror de lo desconocido. El no tener vecinos ni hacia la derecha ni hacia la izquierda demolerá la obstinación hasta de los más recalcitrantes, derrumbará toda posibilidad de resistencia. ¿Qué pueden hacer los habitantes de una casa que quedaron solos en la cuadra porque los otros huyeron aterrados y mientras tanto siguen recibiendo el bombardeo nocturno de las amenazas que se ensañan contra la puerta de su propiedad? Nada pueden hacer. Salvo huir también. Y no se trata sólo del miedo personal, individual, todos tienen gente a su cargo, gente a quien proteger, esposas, hijos, padres ancianos. Por lo tanto, en cuanto a esta etapa del negocio, les puedo asegurar sin temor a equivocarme que hasta los bastiones más empedernidos no tardarán en rendir sus armas. Así que, repito, el próximo paso es poner en funcionamiento la compra de las propiedades. Y acá procedo a clarificar algunos pormenores, para que ninguna sombra opaque la claridad de un proyecto que ha sido perfectamente estudiado y planificado. Varios de ustedes, con absoluta lógica, se estarán preguntando cómo se le explica a la gente —porque algo habrá que explicar si vienen las preguntas— que exista alguien interesado en adquirir una gran cantidad de casas, un barrio entero, parte de un barrio por lo menos, que sufre los embates de un incontenible ataque, digamos, diabólico. Pues bien, esto ha sido conversado en varias oportunidades y la solución a cualquier duda que pueda plantearse es simple. Los compradores son una empresa norteamericana, poderosa, reyes del juego y del petróleo, que se ríen de estas historias satánicas, demoníacas o como se las quiera llamar, y que son tan prácticos y tan materialistas que serían capaces de invertir una buena fortuna en el mismísimo infierno si les aseguraran que ahí hay petróleo o que es una buena plaza para explotar una red de casinos. Y de eso, señores, se trata nuestro negocio, casinos, juego. No la mera adquisición de propiedades de gran valor a un precio ridículo. Nuestro proyecto va mucho más lejos. Pero de esto hablaremos dentro de unos minutos. Primero vale la pena aclarar un punto de suma importancia y me estoy refiriendo a la partida de los vecinos del barrio Los Aromos. Ningún detalle ha sido descuidado. No se trata simplemente de decirles: señores, acá tienen el importe de sus propiedades, lamentamos mucho que estén un poco devaluadas, en serio lo lamentamos en el alma, y ahora vayan donde quieran, reinicien sus vidas en cualquier parte, dispérsense por el mundo. No, los vecinos no quedarán a la deriva. Todo lo contrario. Debemos facilitarles las cosas ya que esto nos las facilitará a nosotros también. Disponemos de la oferta de un sitio inmejorable para su nueva ubicación. Un barrio moderno. Los terrenos ya están loteados, señalizados, con las calles abiertas, con el espacio previsto para una gran plaza y un estupendo centro comercial. Nuestros socios de la inmobiliaria y de la empresa constructora están listos para largar con las edificaciones en cualquier momento y terminarlas en tiempo récord. Ése será el hermoso barrio al que se mudarán los fugitivos de Los Aromos. Se encuentra del otro lado del arroyo, por lo tanto no tan lejos de acá, por si nos topamos con algunos nostálgicos. Aquélla era una zona que solía inundarse con cada chaparrón más o menos fuerte, pero que ahora gracias a los nuevos trabajos de entubamiento que se están llevando a cabo quedará preservada de todo peligro. Así que, como les digo, en cuanto demos la señal, en cuanto bajemos la bandera de largada, comenzará la construcción a velocidad vertiginosa, y los que abandonen este barrio podrán mudarse prácticamente de inmediato a esas viviendas flamantes, confortables, luminosas, acordes con estos tiempos progresistas. Un barrio de lujo, en realidad. No entraré ahora en detalles de números, tema engorroso y aburrido, lo dejaremos en manos del señor contador aquí presente, quien nos irá ilustrando a medida que se concreten nuestras adquisiciones en el viejo Los Aromos y las ventas a los ocupantes del barrio por estrenar. Barrio que, pensando nuevamente en posibles nostálgicos, podría llegar a llamarse Los Aromos II. Bien, señoras y señores, ahora vayamos a lo nuestro, lo específico, el objetivo final. Como ya señalamos, en breve acá habrá un importante cruce de autopistas y desde cualquier parte se podrá acceder a nuestra zona, que se convertirá en un centro de atracción internacional. Aunque muy en bruto, quiero mostrarles un croquis de lo que será nuestra Las Vegas local. Es poco lo que se puede apreciar todavía, apenas están señalados los puntos principales. Siguiendo el recorrido de mi dedo pueden ver marcados hoteles y casinos y restorantes y luego más casinos y sitios de diversión y siguen más casinos y centros comerciales y más casinos. Dejemos la pobreza del croquis y los invito a imaginar las fantásticas ruedas iluminadas girando y girando, y los fuegos artificiales lanzando sus luces festivas hacia los cuatro puntos cardinales, y la gente fluyendo y fluyendo y gastando su dinero a manos llenas, y las autopistas vomitando miles y miles de coches a toda hora sobre este paraíso de diversión y de brillo y de riqueza. En el futuro toda la zona será recubierta por una inmensa cúpula que imitará un cielo majestuoso y neutro, nunca se sabrá si es día o noche, se ignorará si es el amanecer o el atardecer, se estará siempre en un tiempo intermedio, sin interrupciones, sin límites. Nadie tendrá necesidad de saber la hora porque en todo momento será la hora perfecta. Todo estará siempre por empezar. Tendremos un clima eternamente primaveral. Tendremos bosques tropicales, pájaros que nunca dejarán de cantar y mariposas que nunca dejarán de aletear, tan reales como los auténticos. La gente no necesitará ir a París ni a Roma ni a Venecia. Imitaremos París, imitaremos Roma, imitaremos Venecia. Los novios se casarán acá y acá mismo pasearán en góndola y tendrán su luna de miel. Y correrá el oro. Oro más oro más oro. Señoras y señores, el futuro es nuestro. Les propongo un brindis y hagan de cuenta que ya estamos bajo esas luces, inmersos en ese maravilloso frenesí, arrullados por la música celestial que en ningún momento dejará de sonar.

El Senador había pronunciado su discurso de un tirón, con extraordinario énfasis, sin detenerse, sin pausas, salvo para respirar hondo y poder lanzarse de nuevo hacia adelante, gesticulando con los brazos que parecían muy cortos tal vez por efecto de la gran gordura del cuerpo y del cual sobresalían como cercenadas aspas de molino y subían y bajaban y giraban sin descanso en una y otra dirección.

Terminada su exposición volvió a apoyar las manos en la mesa y se quedó así, los ojos cerrados, la cara chorreada de transpiración. Estaba sin aire, respiraba con dificultad, resollando, el pecho le silbaba tanto que parecía a punto de explotar.

La Mariscala acababa de agitar una campanilla y unos minutos después se abrió la puerta y apareció la mucama empujando una mesa rodante con copas y un balde que contenía botellas de champaña. Se destaparon las botellas, se llenaron las copas. Hubo que esperar a que el Senador se repusiera para poder brindar. Tardó un rato. Al fin levantó la cabeza, miró hacia el cielo raso, tomó una copa, la extendió con lentitud hacia el centro de la mesa, la mantuvo ahí unos segundos, y de pronto resurgió y fue como el mar abriéndose cuando la ballena sale a la superficie y suelta su gran bufido y el gran vozarrón anunció una vez más:

—Oro, oro, mucho oro.

Las nenas habían visto y oído suficiente. Se fueron deslizando hacia atrás sobre la gruesa rama hasta alcanzar el tronco del gomero. Cruzaron el parque, llegaron al fondo y salieron por donde habían entrado.

Capítulo 29

Se juntaron temprano en la magnolia. Seguían tan conmocionadas como la noche anterior por lo que habían visto a través del ventanal de la casona y llegaron las tres cargadas de palabras e ideas que habían elaborado durante una madrugada de insomnio. Al contrario de lo que ocurría en otras oportunidades, cuando apelaban al silencio y la meditación para resolver cualquier problema que se les planteara, esta vez no paraban de hablar. Las tres soltaban sus propuestas al mismo tiempo, y en un comienzo el encuentro fue tan exaltado y confuso que ni siquiera se escuchaban una a otra. Lograron transmitirse poco o nada.

Hasta que la voz de Leti trató de frenar el caos.

—Basta —dijo y fue más bien un grito.

Vale y Caro callaron y se quedaron mirándola.

—Parecemos tres cotorras —siguió Leti—, así nunca nos vamos a entender.

El llamado de advertencia surtió efecto, se sosegaron y trataron de poner orden en la conversación.

—Está bien —dijo Vale—, hablemos de a una.

En algo coincidían, las tres estaban indignadas, furiosas e impacientes. Las tres divagaban buscando una fórmula posible para contraatacar y frenar a los enemigos. Ninguna tenía una idea ni siquiera aproximada de cómo podrían hacerlo. Sólo sabían que debían apuntar los cañones en esa dirección, que debían marchar por ese camino, que era su obligación hacerlo y que no importaban los riesgos. Esa mañana las genias eran puro impulso e intrepidez.

Aunque con más orden, la que siguió fue una sesión larga y acalorada. Las propuestas para los diferentes planes de acción acudían a puñados. Al comienzo siempre aparecían como factibles, incluso brillantes. Las nenas remontaban vuelo, decían sí, sí, sí, eso es, justo lo que se necesita, hacemos esto, hacemos esto otro. Hasta que comenzaban a tomar conciencia de que se habían dejado arrastrar demasiado lejos, que sus proyectos eran irrealizables y entonces recogían las alas y regresaban al punto de partida. Y unos minutos después zarpaban otra vez y viajaban y deliraban y se daban de cabeza contra un muro y frenaban y volvían atrás y así todo el tiempo.

De nuevo fue la voz de Leti la que estableció una pausa.

—Calma —dijo—, pensemos con calma, pensemos en planes sencillos, los planes simples siempre son los más efectivos, esto se lo escuché repetir mil veces a mi abuelo Iñaki.

Poco a poco les pareció que lograban amoldar sus fantasías a objetivos posibles y se esforzaron por mantenerse ahí y establecer equilibrio y coherencia en medio de tanto arrebato pasional. Elaboraron una lista de actividades, las analizaron con cuidado y llegaron a la conclusión de que estaban bien, que eran factibles y podrían llegar a surtir el efecto deseado.

Entonces se descolgaron por la escalera de soga.

Antes que nada debían proveerse de pintura. Fueron hasta la casa de Caro, donde hacía poco habían trabajado los pintores. En el galponcito del fondo encontraron lo que necesitaban. Se llevaron una lata de esmalte rojo que estaba por la mitad y dos pinceles, uno grueso y uno fino. También consiguieron unas sábanas viejas. Un rato después, sentadas de nuevo en la plataforma, las cortaron en retazos cuadrados de unos treinta centímetros de lado. Luego, con armazones de trozos de alambre, fabricaron docenas de pequeños fantasmas de tres cabezas. Con un marcador, les pintaron grandes ojos negros.

Ahora debían resolver el tema de los pescados. Ésta era una idea que se le había ocurrido a Leti, y que a Caro y a Vale les había parecido fantástica, superbrillante. Tomarían un colectivo y se alejarían del barrio, así nadie las vería comprándolos. Llevarían una pequeña heladera portátil o dos y los meterían ahí. Tendrían gastos. Juntaron el dinero ahorrado y lo contaron. Había menguado después del revelado de las fotos tomadas en el campanario, pero confiaron en que les alcanzaría. Harían la compra al caer la tarde porque hacía calor para andar conservando pescados demasiadas horas.

—¿Qué más podemos inventar? —dijo Vale.

—Pensemos un poco más —dijo Caro.

—Se me está ocurriendo algo —dijo Leti.

—¿Qué?

—Mi abuelo siempre cuenta aquella historia de cuando era cuidador de caballos de carrera.

—La del caballo que se volvió loco durante dos días.

—Esa misma.

—¿Y entonces?

—Estaba pensando en el caballo de la Marisca.

Callaron. Era una idea interesante. Más que interesante. Pero todavía no sabían por dónde agarrarla.

—A aquel caballo del hipódromo le dieron a oler un preparado o algo así.

—Quizá podamos hacer algo parecido y se armaría un lindo revuelo.

—¿Qué preparado le vamos a dar? ¿Qué sabemos nosotras de preparados para enloquecer caballos?

—¿Y si vamos al club y hablamos con Iñaki?

—¿Qué le decimos?

—No sé, sacamos el tema, le pedimos que cuente la historia otra vez.

—Que nos cuente la historia es fácil, es lo que más le gusta, ¿pero con qué argumento le pedimos la fórmula?

—Y aunque nos la diga, ¿de dónde sacamos los componentes?

—Si no recuerdo mal siempre mencionó el detalle de que era una fórmula sencilla, al alcance de cualquiera. Así que en una de ésas los componentes no sean tan difíciles de conseguir. Y a lo mejor escuchándolo de nuevo se nos ocurre alguna variante.

—¿Qué clase de variante?

—No sé. Pero la idea del caballo no la podemos desperdiciar.

—Tengo una última duda —dijo Vale.

—¿Qué duda?

—Toda esa historia que nos contó tantas veces tu abuelo, ¿será cierta?

—Quién puede saberlo. Vayamos a verlo, no se pierde nada.

En el trayecto deliberaron acerca de cómo abordarían el tema. Apareció una idea, bastante vaga todavía. Demoraron en llegar porque se detenían todo el tiempo para mejorarla y ajustar detalles. Cuando cruzaron la puerta del club tenían listo su plan. Lo mismo que con Simonetto, echarían mano del pretexto de un trabajo para el colegio.

Una mirada le bastó a Leti para darse cuenta de que Iñaki y su compañero ese día estaban en triunfadores y por lo tanto de buen humor. Seguramente venían de ganar varias partidas y eso la animó para entrar en tema rápidamente.

—Abuelo, la semana que viene en la escuela hay una fiesta y un concurso literario. Se formaron equipos de alumnos y cada uno presentará un trabajo para leer en la reunión. Los trabajos serán anécdotas sobre animales amigos del hombre. Animales que acompañaron al ser humano en su evolución y le fueron de gran ayuda y todavía siguen con él. Nosotras elegimos el caballo, que fue de tanta utilidad en la exploración de tierras desconocidas, en los viajes, en las conquistas y en todo tipo de trabajo.

—Eligieron bien —dijo Iñaki mientras soltaba la bocha.

—Y nos acordamos de aquel acontecimiento tan asombroso del hipódromo, cuando el caballo se volvió loco.

—Rayo Verde —dijo Iñaki.

—Exacto, Rayo Verde. Nos pareció que era una anécdota linda, bien curiosa, seguro que sería la más original de todas las que se lean.

Iñaki dudó un poco.

—Como original es original, ¿pero les parece que será una historia apropiada para el colegio?

Las tres, al mismo tiempo, dijeron que sí con mucho entusiasmo. Además, argumentaron, sería también una forma de señalar de qué mala manera a veces el hombre les paga a los animales su fidelidad y el servicio que le han prestado.

—Por eso queríamos pedirte que la contaras de nuevo.

—Bueno, veamos —dijo Iñaki—, Rayo Verde no podía perder aquel gran premio. Era el preferido, las apuestas estaban a su favor en un ochenta por ciento. A último momento hubo un descuido, alguien nos traicionó y le dieron a aspirar un preparado para dejarlo fuera de combate. Todo estuvo bien hasta el momento de la largada. En realidad hasta unos segundos después de la largada. Rayo Verde partió en punta, por afuera del pelotón, y antes de doblar el primer codo llevaba dos cuerpos de ventaja. Y justo ahí, en la curva, fue donde le dio el ataque. Se paró en seco y el jinete salió despedido. Entonces empezó un espectáculo soberbio. Rayo Verde, parado en las patas traseras, iba de una empalizada a la otra girando sobre sí mismo como un trompo. Luego pegaba una breve galopeada y se elevaba en el aire con las cuatro patas estiradas y la cabeza muy erguida, unos saltos magníficos, era como si tuviera alas, parecía un bailarín. Mientras tanto no paraba de relinchar. Y después otra vez a hacer trompos. Y de nuevo con los saltos. Más allá de que nos robaron el gran premio, una carrera en la que se habían apostado muchos billetes, debo decir que jamás en mi vida había visto, ni volví a ver, ni seguro volveré a presenciar una exhibición semejante. Nunca vi un caballo con una euforia tan incontenible. Ésa era la sensación que daba, una euforia extraordinaria. Todo el hipódromo estaba pendiente de aquella representación. Finalmente Rayo Verde voló por encima de la empalizada, escapó y costó mucho trabajo reducirlo. Aquel estado le duró un par de días, no había forma de dormirlo.

—¿Y qué fue lo que le dieron a oler para que se pusiera tan eufórico?

—Un preparado, un polvo, una mezcla de diferentes ingredientes.

—¿Qué ingredientes?

—¿Necesitan poner también eso en el trabajo del colegio?

—Cuantos más detalles pongamos, más demostraremos que hicimos una investigación en serio.

—Bueno, déjenme recordar, a ver si puedo repetirles la fórmula, en aquellos tiempos se usaba esa mezcla.

Leti metió la mano en el bolsillo del vaquero, sacó libreta y lápiz y se los pasó a Caro para que anotara.

—Ahí va —siguió Iñaki—. Una cucharada de pimienta de cayena, una de polvo de ajo, alcanfor, benjuí, azúcar, nuez moscada, pimentón, veinte cabezas de fósforos.

Mientras hablaba Iñaki caminaba a lo largo de la cancha y cuando llegó al fondo hizo una pausa y volvió a paso lento.

—Canela, levadura de cerveza, páprika, curry, valeriana, jengibre, cúrcuma, clavo de olor, estragón, sésamo.

Alcanzó el otro extremo de la cancha e inició el regreso.

—Azafrán, Hung Lin, mejorana, aspirina, coriandro, amapola en polvo, una pastilla para el asma, cardamomo.

Se detuvo junto a las nenas:

—Lo fundamental es el cardamomo. Es probable que todo lo demás no surta efecto sin el cardamomo. No son ingredientes raros, más bien son comunes, en cualquier otro animal o en el ser humano no producirían ningún efecto, pero en el caballo esa combinación es fatal.

—¿Y cómo se prepararía?

—Se machacan los ingredientes hasta conseguir un polvo muy fino, lo más fino posible.

—¿Y qué más?

Iñaki lo pensó un poco.

—Al final impregnar con un toque de ron, muy poco, menos de una gota, que el polvo no quede humedecido. Si es ron de Jamaica, mejor.

—Y la mezcla, ¿siempre aspirada por la nariz?

—Siempre aspirada.

—¿Y qué hubiese pasado si, en lugar de aspirar, el caballo se ponía a lamer el polvo?

—Nada. Entonces no hubiese pasado nada.

—¿Y cómo se puede estar seguro de que el caballo no se ponga a lamer?

—El caballo sabe. Si es polvo, aspira.

Las nenas callaron. Observaron la partida unos minutos más, agradecieron, saludaron y se marcharon.

—Ahora que lo pienso, yo también, igual que Vale, tengo mis dudas —dijo Leti cuando llegaron a la calle.

—¿Qué dudas?

—Me pregunto si las historias de mi abuelo serán ciertas o puro invento. Además nunca las cuenta igual. Ésta, por ejemplo, estoy segura de que la contó de muchas maneras. Me parece que a veces Rayo Verde era el caballo que él cuidaba y a veces el caballo de otros, y fue justamente mi abuelo el que lo dejó fuera de competencia haciéndole aspirar la mezcla.

—Ese detalle no tendría importancia, la cuestión es que la fórmula del preparado funcione.

—Para mí que la inventó ahí mismo, en el momento en que nos la contaba.

—Con probar no perdemos nada.

Casi todos los ingredientes eran fáciles de conseguir, estaban en las alacenas de las cocinas de sus propias casas. Los otros deberían buscarlos cuando fueran a comprar los pescados. Los gastos previstos aumentaban, así que cada una le pidió algo de dinero a su madre con diferentes excusas.

Cuando comenzó a aflojar el calor sacaron a escondidas las heladeritas portátiles y fueron a tomar el colectivo. Bajaron en un centro comercial que conocían, a unos veinte minutos de viaje. Faltaban apenas dos días para Navidad y había gran movimiento de gente comprando regalos. Las nenas recorrieron farmacias, herboristerías, casas de especias. Tuvieron dificultades con el cardamomo. No les resultó fácil encontrar. Al fin dieron con un negocio que tenía de todo. Algunos productos eran bastante caros pero les alcanzó. Por último compraron los pescados. Seis hermosos besugos, de gran tamaño. Le pidieron al vendedor que los acomodara dentro de las heladeritas y los cubriera de hielo. Regresaron. Subieron a la plataforma con un mortero y se dedicaron a preparar el polvo que esa noche tratarían de hacerle aspirar al caballo de la Mariscala.

Capítulo 30

Se habían vuelto expertas y decididas en las escapadas nocturnas y también esa noche apenas se produjo el apagón se deslizaron por las ventanas, se encontraron en la esquina de costumbre y marcharon hacia la zona peligrosa. La diferencia era que ahora iban en plan bélico, pertrechadas como guerreros que se aprestan a entrar en batalla. Sus elementos para el combate eran seis besugos, un tarro de pintura roja, dos pinceles, una cantidad de pequeños fantasmas elaborados con recortes de sábanas, un pote con un polvo para hacerle oler a un caballo, una bandeja de plástico y un bolso vacío.

En la excitación extrema que las alteraba, en el nerviosismo y el temor —mayor que otras veces—, pesaba con fuerza esa toma de conciencia, creciente a medida que avanzaban, de que en esta oportunidad no se limitarían a ser observadoras, sino que llevarían a cabo su propio ataque.

Con cautela fueron penetrando hacia el corazón del barrio mudo y ciego, a la búsqueda del hombre grande y gordo llamado el Senador y su acompañante el sacristán. Igual que la noche anterior la luna aparecía y desaparecía en un cielo de nubes fugitivas, y las grandes sombras de las casas y los árboles se les venían encima más amenazantes que nunca.

Se desplazaban de esquina a esquina, se detenían un

tiempo prudencial antes de cruzar una nueva calle, escrutaban la oscuridad, indagaban el aparente silencio nocturno, en realidad una quietud animada por un tejido infinito de sonidos diminutos. Se decían:

—Un momento, me pareció ver algo.

—Quietas, ¿no oyeron unas voces?

—¿Qué es esa sombra que se mueve allá?

Después de deambular un buen rato ubicaron al grandote y al sacristán cumpliendo con su faena de cada noche. Allá estaban las dos figuras activas en la sombra, moviéndose veloces, pasando de puerta en puerta, siempre protegidos en los dos extremos de cada cuadra por los policías que de tanto en tanto accionaban sus encendedores, a veces a manera de señal y otras para encender otro cigarrillo.

Algunas de las casas donde las nenas actuarían se encontraban bastante lejos de la zona que estaban transitando. Así que hubiesen podido comenzar en ese mismo momento parte de su misión. Pero prefirieron esperar que aquellos tipos terminaran y asegurarse de que las calles estuviesen totalmente despejadas.

Mientras tanto, cuando pasaban por un tapial donde veían algún gato de terracota, lo bajaban y lo metían en el bolso que habían llevado para eso. Todos los gatos seguían estando ahí porque nadie se había animado a tocarlos.

Por fin pareció que los embadurnadores daban por terminada la tarea. El grandote y el sacristán se unieron unos segundos con los policías, intercambiaron unas palabras y cada uno se fue por su lado. Las genias siguieron al Senador para asegurarse que iría a su casa. Lo vieron entrar y luego hubo algo de claridad en el interior: una linterna, una vela. La claridad se extinguió.

—Se acostó —dijo Caro.

—De todos modos por acá no podemos empezar —dijo

Leti—. Es peligroso. Podría estar despierto y escuchar algo. Volveremos más tarde.

—¿Por dónde empezamos?

—Las Santos y la Nogaro.

—Vamos.

La primera parada fue en la casa de las hermanas Santos. Era una típica casa de barrio, planta baja, puerta de ingreso de madera barnizada, una ventana a cada lado con persianas metálicas.

Abrieron el tacho de pintura y Caro, que era la artista de las tres, dibujó en la puerta una cabeza demoníaca similar a las muchas que habían visto. La hizo lo más grande posible, de manera que ocupaba ambas hojas de la puerta. Era una cabeza bien monstruosa: ojos enormes, un tercero más pequeño en la frente, orejas puntiagudas, dientes como cuchillos y la lengua larga colgando. En lugar de dos cuernos, cuatro. Escribió las letras L y S en uno de los cuernos. D y S en otro cuerno. Las iniciales de los nombres de las hermanas. Mientras tanto Leti y Vale sacaron uno de los besugos y lo colocaron sobre la vereda, la cabeza vuelta hacia la puerta, a medio metro del escalón de ingreso. A ambos lados colocaron algunos de los gatos que habían bajado de los muros. Cuatro gatos en total. Caro trazó una flecha en la vereda, delante de la cabeza del besugo, apuntando a la entrada. La flecha creaba la sensación de que el pescado se estuviera dirigiendo hacia la casa.

Trabajaron a gran velocidad y en silencio. Cuando consideraron que la cosa estaba lista se indicaron por señas que debían irse. Pero Caro a último momento volvió a la puerta para agregarle detalles al dibujo. No terminaba más. Tuvieron que tomarla de un brazo y arrancarla de ahí.

—Vamos.

—Puedo mejorarlo —se quejó Caro.

—Suficiente.

—Un par de retoques más.

—Basta.

La casa de la Nogaro estaba apenas a una cuadra y media. Allí repitieron la misma operación. Dejaron el segundo besugo y otros cuatro gatos. Las iniciales del nombre, M J N, fueron colocadas por Caro en la gran lengua colgante.

De nuevo tuvieron que obligarla a dar por terminado el trabajo.

—Rápido. Hay que irse.

—Un retoquecito, sólo uno —pedía ella.

Ahora sí consideraron que había pasado un tiempo prudente como para volver a la casa del Senador. Y ahí, una vez más, colocados el besugo y los gatos, tuvieron que lidiar con Caro para que pusiera punto final a la tarea. Estaba fascinada con su pintura. De las tres era la única que parecía haberse liberado por completo de la tensión de la noche. Se encontraba como en un estado de suspensión, de placidez creativa. Escribió la palabra *Senador* en cada uno de los enormes dientes del chivo.

—¿Y si le pintamos también las ventanas a este gordo bastardo? —propuso.

—Suficiente, Caro. Está perfecto lo que hiciste. Perfecto. Una obra maestra. Vámonos. Podría despertarse.

Caro se dejó arrastrar de mala gana.

—Lástima —dijo—, podría haberlo enriquecido bastante.

Se dirigían hacia la casa del sacristán cuando Leti se detuvo:

—¿Y si le hacemos una visita al comisario?

Inicialmente el comisario no estaba en los planes, quizá porque era una figura que les inspiraba demasiado temor.

La misma Leti, después de emitir la sugerencia, se quedó callada y percibió el escalofrío que le recorría la espalda. Pero a esa altura de las cosas, en plena aventura, exaltadas, atrevidas, se sentían cada vez más justicieras y no querían dejar nada que después pudieran lamentar no haber realizado.

—A la casa del comisario —dijo Caro esgrimiendo el pincel.

Allá fueron.

Cuando llegaron se detuvieron a cierta distancia. Vacilaron. Hasta que una nube volvió a tapar la luna y eso las ayudó a terminar de decidirse.

—Ahora —dijo Leti.

Esta vez no le dieron demasiadas posibilidades a la inspiración de Caro. La sacaron de ahí lo más rápido posible. Dejaron el cuarto besugo flanqueado también por cuatro gatos.

El paso siguiente fue la casa de Méndez, el dueño de la inmobiliaria, donde quedó el quinto besugo y otra obra de Caro de poderosa y truculenta inspiración.

Luego tuvieron que andar un buen trecho porque la vivienda del sacristán era la más alejada. No hubo besugo para el sacristán porque sólo les quedaba uno. Pintaron la puerta y dejaron un par de gatos. Caro dibujó unas campanas colgadas de las orejas del chivo.

Ahora las esperaba el paso más importante del operativo, la casona de la Mariscala y el Coronel. Ahí colocaron el último besugo y un número mayor de gatos, todos los que lograron transportar. La puerta de ingreso era de gran tamaño, así que Caro pudo esmerarse y liberar su imaginación. No paraba de agregar detalles a su figura diabólica, mientras Leti y Vale, una vez más, le repetían que era suficiente, que ya estaba bien. Pero ella, más entusiasmada que con ninguna otra puerta, se resistía a irse y aun cuando lograron arrastrarla y ya se habían alejado unos metros regresó corriendo. En el costado izquierdo de la frente del chivo escribió: Mariscala. En el derecho: Coronel.

—Me quedó hermoso —comentó satisfecha.

Entonces Leti y Vale se demoraron también, para echar una mirada a la obra terminada y luego a la calle vacía y al paisaje triste de las casas dormidas. Un nubarrón hundió todo en la negrura y segundos después otro ramalazo de claridad lunar volvió a desnudar esa desolación. Supieron que ellas tres eran las únicas testigos de esos cambios silenciosos y lo sintieron como una forma de dominio, una toma de posesión. Eran las señoras de las calles. Eran las hechiceras de la noche dejando marcas que perdurarían con la luz y que al día siguiente introducirían alteraciones en la convulsionada vida del barrio.

Las genias fueron a detenerse a la vuelta de una de las esquinas del parque y se tomaron un breve descanso.

—La primera parte ya está, vamos por la segunda etapa —dijo Leti—. ¿Estamos listas?

—Listas —contestaron Caro y Vale.

Capítulo 31

Las esperaba la parte más complicada de la expedición nocturna, la más imprevisible. Lo que tenían por delante era una enorme incógnita. Fueron hasta la parte de atrás del parque y saltaron el muro. Primero cruzaron hacia la casona, treparon al gomero y se desplazaron por la gran rama hasta ubicarse frente al ventanal del salón donde se había llevado a cabo la reunión la noche anterior. Ahí colgaron todos los fantasmas de tres cabezas que habían elaborado con las sábanas. Luego se deslizaron al suelo y fueron a la caballeriza. Cuando abrieron, la puerta chirrió un poco. Adentro no se veía nada. Ahora podían usar la linterna lapicera. El pequeño haz de luz se desplazó sobre las paredes donde fue descubriendo arneses y herramientas. Por fin encontró la mancha clara del caballo. Aquél era un establo grande y el animal estaba en el otro extremo. Sus ojos brillaron cuando les dio la luz. Las nenas esperaron alguna reacción pero el animal no se movió. Los separaba una valla de madera. Leti lo llamó en voz baja.

—Vení, vení.

El animal siguió inmóvil, mirándolas con sus grandes ojos fijos. Leti volvió a llamarlo.

—Vení, acercate.

Nada.

Leti le pasó la linterna a Vale. Sacó de la mochila la bandeja de plástico y el pote con el polvo. Le pidió a Caro que sostuviera la bandeja. Desenroscó la tapa del pote y alargando el brazo se lo mostró al caballo.

—Vení, tomá.

Esta vez el caballo movió la cabeza. Fue su primera reacción. Pero no hubo más que eso. Leti insistió:

—Vení, tomá, mirá lo que tengo.

El caballo pareció tentarse y uno de sus cascos golpeó el piso dos veces.

—Vamos, adelante.

El caballo dudó todavía, después avanzó un poco. Leti vació una parte del polvo en la bandeja, la tomó y se estiró por encima de la empalizada ofreciéndosela. El caballo avanzó un poco más.

—Eso es, vení.

Los ojos del caballo seguían brillando atentos cuando les daba la luz, parecía desconfiar.

—Vamos, vení —insistía Leti.

Y entonces el caballo volvió a moverse. Lento, solemne. Ya su cabeza estaba a medio metro de la bandeja.

—Tomá —dijo Leti—, es bueno.

El caballo siguió dudando.

—Tomá, probá.

Todavía no hubo señales de que estuviese interesado.

—Tomá, es muy bueno.

El animal, cauteloso, acercó el hocico. En ese momento las tres nenas temieron que soplara y el polvo volara. Pero no, el caballo olió con mucho cuidado, con extrema delicadeza. Dos veces acercó y separó el hocico del polvo. En los ollares hubo un estremecimiento. Siguieron unos segundos de quietud. Los ojos del caballo quedaron fijados en las nenas como si las estuviera estudiando y meditara. Y luego de nuevo trasladó su atención a la bandeja. Finalmente ladeó la cabeza, acercó el ollar izquierdo al polvo y aspiró un poco.

201

Pareció gustarle y aspiró con fuerza. Aspiró todo. Leti entonces se apuró a vaciar el resto y en la bandeja hubo un segundo montoncito. El animal acercó el ollar derecho al polvo. Esta vez pegó un poderoso nariguetazo. A continuación hubo una serie de movimientos de la cabeza hacia arriba y hacia abajo como si aprobara. Después de eso se inmovilizó y se quedó mirando por encima de las nenas. Los ojos parecían habérsele expandido, se los veía enormes.

Quedó así largos segundos. Un estremecimiento apenas perceptible le recorrió el cogote, un temblor leve que se continuó en el lomo. Mostró los dientes y a continuación su gran cuerpo fue sacudido como por una prolongada descarga eléctrica. Vibraba desde la nariz hasta la cola, aunque todavía no se había movido de donde estaba, clavado sobre sus patas. Y pese a esas vibraciones que iban en aumento y parecían el preanuncio de un estallido, el caballo seguía conservando una suerte de actitud reflexiva, como si una conciencia en él estuviese analizando y considerando el acontecimiento que se estaba llevando a cabo en su interior. Todavía con capacidad de control, de dominio sobre el proceso en desarrollo. Y de pronto algo se soltó. Y lo que las nenas creyeron ver fue que el caballo se agrandaba, no en tamaño físico, sino como si a partir de él algo se expandiera y creciera en fuerza y en proyección. Entonces no hubo una sola parte de su enorme cuerpo que no entrara en ebullición. El caballo, levantando el hocico hacia el techo, soltó un relincho poderoso que sacudió la noche y que bien pudo haber sido de sorpresa o de felicidad o ambas cosas a la vez. Al primer relincho siguieron otros y a partir de ahí el caballo entró en actividad y empezó a correr enloquecido alrededor del corral y a saltar y a girar sobre sí mismo. Paralizadas por la impresión las nenas no atinaban a moverse.

—Dio resultado, era cierto, funcionó —murmuró la voz incrédula de Leti.

Allá al fondo el caballo acababa de golpear algo metálico: un balde, un tambor. Sonó como un campanazo y ésa fue la señal que sacó a las nenas de la inmovilidad. Sin dejar de mirar al animal, retrocedieron hasta encontrar la salida. Luego, mientras adentro de la caballeriza la fiesta crecía y crecía, escaparon hacia el muro, treparon, saltaron y corrieron por las calles oscuras y todo el tiempo les parecía que las acompañaba el estruendo del caballo frenético brincando y pateando las paredes de la caballeriza y que el barrio entero se estaba despertando preguntándose qué pasaba, qué nueva amenaza llegaba a turbar su sueño, qué novedad les esperaría al despuntar el día.

Capítulo 32

Madrugaron. No querían perderse nada. En la casa de cada una, las madres se sorprendieron cuando las vieron saltar de la cama tan temprano y tomar el desayuno apuradas y luego salir disparando a la calle. No tuvieron que andar mucho para advertir que el barrio estaba tan o más conmocionado que nunca. Pasaban personas corriendo, intercambiaban información a los gritos, sin detenerse. Las genias se dirigieron a la casona de la Mariscala. Desde lejos vieron la multitud reunida, formando un semicírculo y manteniéndose a cierta distancia de la puerta de entrada. El espectáculo les produjo una gran satisfacción. La satisfacción de quien se dispone a apreciar y disfrutar de los resultados de una tarea llevada a cabo con intrepidez y eficacia. Apuraron el paso y se unieron a la gente. Todo estaba como lo habían dejado. El besugo brillando al sol, los redondos ojos fijos apuntando hacia la puerta, alrededor los gatos con su porte enigmático y desdeñoso. En la claridad de la mañana la gran cabeza demoníaca pintada por Caro resultaba en verdad monstruosa. Hasta Leti y Vale se impresionaron un poco.

Estaban exultantes en medio de tanta alteración. Una vez más se mezclaron en las conversaciones, opinaban, deslizaban información para algún recién llegado. Durante un largo rato las atrapó el juego de ser iguales a los vecinos alborotados que las rodeaban, esforzándose por sentir

204

en sí mismas lo que estaba pasando en los otros, convertidas también ellas en unas espectadoras más, arrastradas y contagiadas por la misma fiebre, el mismo asombro y desorientación. Y por otro lado se daban el gusto de recuperar, en cuanto lo deseaban, la orgullosa conciencia de que eso era obra suya, de que eran ellas las que habían provocado aquel revuelo general, que ellas eran las únicas, absolutamente las únicas, que conocían todos los resortes, el origen y el desarrollo de lo que estaba en realidad sucediendo. Era un placer ese desdoblamiento. Era un placer enorme moverse entre la gente y experimentar la fuerza que las acompañaba. Se sentían poderosas.

Se toparon con un tipo, un madrugador que ese amanecer, antes de que el sol las secara, aseguraba haber visto las marcas mojadas del desplazamiento del besugo sobre el asfalto. Y la dirección que traía indicaba que venía desde el arroyo. Así que si eso era lo que había ocurrido el pez había andado un trecho bien largo. Después hubo por lo menos dos madrugadores más que aseveraron haber notado lo mismo.

No sólo eran notables aquellas interpretaciones, expuestas con tanta seguridad y precisión, sino también la facilidad con que eran aceptadas y las reflexiones que suscitaban al correr de boca en boca. Por ejemplo hubo una señora que preguntó si las señales en el asfalto eran en línea recta o si el besugo había dejado marcas zigzagueantes, ya que no debía ser fácil para un pez andar desplazándose sobre el suelo.

Un tipo, que parecía muy entendido, aportó una característica novedosa con respecto a la naturaleza de los besugos. Cualquiera que supiera de peces —dijo— no podía ignorar que los besugos podían sobrevivir muchísimo tiempo fuera del agua y esto explicaba que ese ejemplar se

hubiera podido trasladar a lo largo de un trayecto semejante, y además no era improbable que en ese preciso momento, mientras sus ojos se mantenían fijos en la puerta de
la casa de la Mariscala, todavía estuviese vivo.

Y los comentarios sobre los gatos. Todos recordaban
cómo habían sido metidos en bolsas de arpillera y arrojados al arroyo. Ahora, después de volver e instalarse sobre
los tapiales —porque sin duda eran los mismos—, ahí estaban sirviéndoles de escolta al besugo que también había
venido desde el agua. ¿Qué significaba todo eso?

Entonces se oyeron los relinchos del caballo y grandes
ruidos y gritos que llegaban desde el parque de la casona.
Las nenas corrieron y al doblar la esquina vieron gente
que ya estaba trepada al muro y miraba para adentro. Recibieron la información de que el caballo había enloquecido y andaba a los saltos de un extremo al otro de la propiedad y desde el amanecer estaban tratando de dominarlo
y había un veterinario esgrimiendo una gran jeringa con
un poderoso soporífero para aplicárselo en cuanto pudieran sujetarlo. La cacería del caballo fue presenciada por
mucha gente, porque ahora todo el mundo había corrido
al muro. También las nenas treparon y divisaron la mancha blanca allá al fondo que aparecía y desaparecía entre
los árboles y los arbustos altos. No le sería fácil a aquella
gente atraparlo, el animal pegaba unos saltos espectacula-
res y no había lazo que lograra alcanzarlo.

Después las genias quisieron ver el resto de la obra y
corrieron hasta la casa de las Santos. Había menos gente
que en la casona, aunque se había reunido un grupo consi-
derable de vecinos. También ahí hicieron preguntas y escucharon versiones. Hablaron con uno y con otro, y resultó que varios habían estado presentes cuando Delia
Santos había abierto la puerta de su casa para salir y se ha-

bía enfrentado con el besugo que la miraba y su escolta de gatos. La Santos, contaban los testigos, se había llevado ambas manos a la cara y había permanecido muda e inmovilizada en el umbral. Las piernas debieron aflojársele porque se derrumbó contra la hoja abierta de la puerta y se sostuvo ahí. Luego, por indicación de los vecinos que le hacían señas y le gritaban desde la vereda de enfrente, había girado su cabeza y había visto parte de la cabeza de chivo pintada en la hoja donde se mantenía apoyada, y entonces había soltado un chillido, luego una serie de chillidos, hasta que había aparecido corriendo la hermana y la había sostenido antes de que se desplomara y, mientras la arrastraba hacia adentro, con un pie había cerrado de un portazo.

La reacción de la Nogaro no fue muy diferente. Ahora las ventanas de ambas casas estaban entreabiertas y las Santos y la Nogaro se asomaban un poco para mirar los besugos y los gatos y se las veía hablar por teléfono sin parar.

Las nenas siguieron corriendo. Pasaron por la casa del comisario, por la del Senador, por la de Méndez. Descartaron la del sacristán porque estaba lejos. Hubiesen querido estar en todos los lugares al mismo tiempo. En la casa del comisario no advirtieron movimientos, estaba todo cerrado, puertas y ventanas. En la del Senador en cambio había una ventana abierta y lo vieron ir y venir, también él hablando por teléfono. Lo mismo en la del dueño de la inmobiliaria.

—Los socios del gran negocio están comunicándose entre ellos —dijo Leti.

—Pagaría cualquier cosa por saber qué se dicen —dijo Vale.

Volvieron a la casona de la Mariscala. Ahí la concentración de gente era cada vez mayor. Los relinchos del caballo no paraban. Se habían descorrido las cortinas de un ventanal del piso superior y de tanto en tanto alguien espiaba hacia abajo. Creyeron ver la figura de la Mariscala pasar y volver a pasar, hablando por teléfono.

Los que estaban trepados al muro anunciaron que por fin habían logrado enlazar y derribar el caballo y que el veterinario acababa de inyectarle un sedante y ahora el animal estaba tirado en uno de los senderos de pedregullos del parque.

Las genias se apartaron de la multitud y se detuvieron a considerar el espectáculo desde cierta distancia. Habían visto, habían oído, habían compartido y ahora, pasada la euforia por el éxito del operativo nocturno, llegaba el momento de reflexionar.

—¿Qué irá a pasar? —preguntó Leti—. ¿La gente empezará a darse cuenta de algo?

—Yo pienso que algo deberían empezar a ver —dijo Vale.

—Yo creo lo mismo —dijo Caro.

En realidad, para la gente, la situación de los días anteriores podría no haber variado demasiado. La desgracia había llegado a las casas de otras víctimas, con variantes en la agresión, con detalles nuevos. Podían interpretarlo simplemente de esa manera. Quizá no viesen ni pensasen más que eso. Sin embargo —consideraban las nenas—, esos detalles nuevos eran significativos. Sobre todo si se tenía en cuenta la lista de los personajes que habían sido marcados con los besugos y los gatos. Esos personajes integraban un grupo especial. Todas esas señales deberían ayudar a que los vecinos comenzaran a entrever alguna punta del tejido nefasto de la historia.

Después de deliberar un rato sobre estas cuestiones,

cuando las nenas volvieron a acercarse para seguir escuchando, lo hicieron con la expectativa de que alguien deslizara alguna frase, alguna idea, algún principio de sospecha en esa dirección. Pero por el momento nada de lo que esperaban ocurría.

Y por otra parte, ¿cuál sería la reacción de los integrantes de la banda de la Mariscala?

En el cielo pasó un avión que venía desde el aeropuerto y las nenas pensaron en Ángela, extrañaron a sus cachorros y se dijeron que debían reanudar cuanto antes la búsqueda.

Capítulo 33

Con tantas novedades nadie había advertido que esa mañana Sandoval no estaba en la calle pintando puertas. A esta altura hay que aclarar que desde muy chico Sandoval había soñado con trabajar en un circo y recorrer el mundo. Ésa había sido la gran aspiración de su vida. Quería ser equilibrista. Y aún ahora aquella obsesión lo perseguía. En el terrenito de su casa había varios árboles y Sandoval había tendido sogas entre tronco y tronco. Una a medio metro del suelo, otra a un metro, otra a dos, otra a tres metros y una última soga allá arriba a cuatro metros de altura. De tanto en tanto, en general cuando volvía del boliche entonado por el vino, intentaba una travesía de tronco a tronco sobre la cuerda floja. Elegía la más baja y esto no impedía que terminara cayéndose de mal modo y se pegara unos buenos golpes y anduviera todo el tiempo lleno de magullones. Su mujer, que a esa hora estaba durmiendo, se despertaba con el ruido, salía a buscarlo y lo llevaba a la cama.

Y resulta que justamente el anochecer anterior a la operación de los besugos, después de terminar su dura tarea del día con las puertas del barrio, Sandoval había pasado por el boliche, se había tomado unos cuantos tintos y al llegar a su casa apoyó una escalera en un tronco y se arriesgó a probar con la soga de los tres metros. Por alguna razón ese anochecer estaba envalentonado. La caída fue estruendosa. La mujer de Sandoval y un par de vecinos lo cargaron en una camioneta y lo llevaron al hospital. No tenía nada grave, pero estaba muy estropeado. Lo mandaron de vuelta a su casa unas horas después, irreconocible con tantos vendajes. Por un buen tiempo no podría caminar.

Y ahí se encontraba, en la cama, la mañana en que habían aparecido los besugos.

Dos fueron las órdenes impartidas por la Mariscala a través del teléfono. Una, que alguien sacara del medio los besugos y los gatos. La otra, que se lo rastreara a Sandoval y se lo condujera de inmediato hasta la casona para tapar la monstruosa figura de la puerta. Con la primera no hubo dificultades y media hora después frente a la casona paró una camioneta que en las puertas llevaba la siguiente inscripción: *Purificadora Limpiatodo - Saneamientos de Cualquier Clase*. No era del barrio. La manejaba un hombre grandote, barrigón, de musculosa, largos vellos negros en el pecho, en la espalda y en los brazos. En la caja de la camioneta había varios tachos metálicos vacíos de doscientos litros. El grandote, usando una pala de mango largo, levantó el besugo y los gatos y los metió dentro de uno de los tachos. Llegó el cura Juan y lanzó agua bendita en todas las direcciones. Entraron en el parque y mientras el cura rociaba los pequeños fantasmas colgados de las ramas, el grandote, con una caña que tenía un gancho en la punta, los arrancaba para arrojarlos en los tachos. Por último el cura le echó abundante agua bendita al caballo que seguía durmiendo en uno de los senderos.

La camioneta pasó por las casas del Senador, del comisario, de las Santos, de la Nogaro y de Méndez, y también ahí el grandote cargó con todo. Recorrió calle por calle y bajó los gatos que aún quedaban en los tapiales. Terminó de llenar los tambores con cascotes, para que tuvieran más peso, los tapó, selló las tapas, los llevó hasta el arroyo y los arrojó al agua como ya se había hecho cuando los gatos se devoraron a los estorninos.

En cuanto al pintor, la cosa fue un poco más complicada. El grupo que salió en su búsqueda lo rastreó inútilmente y terminaron en su casita, donde Sandoval, quejándose sin parar, yacía en la cama. Después de la advertencia de la misteriosa mujer citada por la Mariscala en cuanto a las razones por las que una sola persona debía llevar a cabo la tarea de la pintada, ni pensar en encontrar un reemplazante. Consiguieron una camilla con ruedas, cargaron el cuerpo herido y partieron a toda velocidad. La primera parada fue en la casona. Por suerte el brazo derecho de Sandoval estaba en bastante buenas condiciones. Así que se las arreglaba para manejar el pincel. No podía sentarse, ni siquiera erguirse un poco sobre el codo, trabajaba acostado. Los cuatro que se encargaban de transportar la camilla la elevaban o la bajaban según se necesitara. Con la parte superior de la puerta hubo que levantar la camilla y mantenerla en el aire un buen rato mientras Sandoval terminaba de cubrir hasta las puntas de los múltiples cuernos. Cuando acabaron en la casona corrieron a la casa del Senador. Siguieron con el comisario, las Santos, la Nogaro, Méndez. Y ahora había que emprenderla con todas las demás. Debían apurarse para tratar de terminar antes de la noche y, con Sandoval en esas condiciones, no iba a resultar una tarea fácil. La camilla volaba por el asfalto. La gente corría atrás. Pese a su estado, Sandoval hacía maravillas con el brazo derecho y cuando oscureció siguieron recorriendo las calles hasta que, a la luz de un par de linternas, lograron terminar con la última puerta.

Mientras tanto, los vecinos que aún rondaban en las inmediaciones de la casona de la Mariscala —y eran muchos— pudieron ver cómo acudían e ingresaban los coches del comisario, las Santos, la Nogaro y el dueño de la inmobiliaria.

—Otra reunión cumbre —dijo Leti.

—Esta vez no podemos arriesgarnos —se lamentó Vale.

El que aparentemente no acudió fue el del Senador. Pero, lo mismo que el anochecer en que las nenas habían trepado al gomero, era probable que hubiese entrado en la casona a escondidas.

Esa noche, después de la gran excitación de la jornada, los habitantes de Los Aromos se fueron a dormir preguntándose qué sorpresa les depararía el amanecer siguiente, 24 de diciembre, víspera de Navidad.

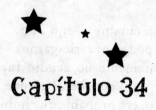

Capítulo 34

Esa noche no tocaron las campanas ni se produjo el apagón. Cuando por la mañana las nenas fueron a dar una vuelta pudieron advertir que no había novedades de ningún tipo. Nada de puertas pintadas, nada de nuevos gatos en los tapiales. Por primera vez desde el inicio de la gran amenaza el barrio comenzaba a verse como había sido siempre. Era temprano y andaban muchos vecinos por las calles. Se los notaba intranquilos. Se movían cautelosos, buscaban señales. Al cabo de tanto sobresalto, la perspectiva que se les presentaba de poder enfrentar la Nochebuena en calma hubiese sido motivo para festejarlo en grande. Pero las miradas sólo transmitían recelo y temor. Algunos se preguntaban —y luego lo comentaban con otros— si esta gracia, esta tregua, no se debería al hecho de que estaban en vísperas de una fecha santa y si, pasada esa fecha, no volvería el suplicio de las agresiones nocturnas.

Y poco a poco, como se había convertido ya en una costumbre, todo el mundo se fue encaminando hacia la casona de la Mariscala. También las nenas fueron para allá. Ellas tenían su propia gran pregunta. No paraban de moverse y de sondear el estado de ánimo general. Buscaban indicios de que los vecinos por fin hubiesen comenzado a sospechar algo de la verdad de todo ese embrollo. Todavía albergaban la esperanza de que, después de la reflexión nocturna, esta vez estuviesen ahí, frente a la casona, para exigir explicaciones e incriminar y denunciar.

A la Mariscala no se la había visto en todo el día anterior. Alguien comentó que acababa de hacer avisar por la mucama que en unos minutos saldría para hablar con los vecinos. Esto produjo un gran revuelo. También las nenas estaban ansiosas.

—¿Y ahora con qué se vendrá la Marisca? —dijo Leti.

—Por lo pronto saben que fueron descubiertos, que alguien conoce su juego —dijo Vale.

—Lo que no saben es quién los descubrió.

—Se estarán rompiendo la cabeza pensando en eso.

—Para mí que no deben estar nada tranquilos. Más bien deberían estar muy preocupados.

—Yo diría que asustados.

—En principio anoche se quedaron quietos. Ésa podría ser una buena señal.

—¿Según ustedes qué podrían estar pensando? Tratemos de imaginar que nos encontramos en su lugar —sugirió Caro.

—Por empezar, si yo estuviese en su lugar pensaría lo que ya comentamos, o sea que alguien pinta mi puerta y coloca todas esas cosas, los besugos, los gatos, los fantasmas, para avisarme que está enterado de lo que estoy haciendo, que conoce mi secreto y mis trucos. Y me preguntaría cuál es la intención de ese aviso —dijo Vale.

—¿Y qué más? —dijo Caro.

—Esa idea me tendría muy mal —siguió Leti—. De todas las personas que andan por el barrio el que me descubrió podría ser cualquiera. Cuando me asomo a una ventana o camino por la calle sentiría que ése, mi enemigo, está ahí, en alguna parte, mirándome. Y la sensación sería muy fea porque sé que soy observada y estudiada permanentemente.

—¿Qué más? —dijo Caro.

—Me preguntaría qué podría pasar si todo el mundo se enterara de la verdad. Me preguntaría cómo reaccionaría la gente.

—¿Qué más? —insistió Caro.

—¿Qué más? ¿Qué más? No hay que olvidarse de que el enemigo desconocido se le metió en la misma casa a la Marisca. Le colgó un montón de fantasmas delante del balcón. Le hizo algo al caballo que lo volvió loco. Si puede hacer eso vaya a saber de qué otras cosas es capaz.

—¿Y qué más?

—Bueno, tampoco sé si es uno o son muchos los que me están observando y atacando, y si son unos pobres tipos o si es alguien poderoso o está relacionado con gente poderosa, y esto último podría llevar a que el asunto se supiera en otras partes, más allá del barrio, y tomara estado público y saliera en los diarios y en la televisión, con el riesgo de que se armara un lío bárbaro, un gran escándalo, y la cosa se volvería muy peligrosa.

—¿Eso es todo? —dijo Caro.

—¿Te parece poco?

—A mí se me está ocurriendo otra variante.

—¿Qué variante?

—A ver qué les parece. Resulta que cuando sucede lo de los besugos y los gatos y el caballo y las pinturas infernales en sus propias puertas la Marisca y compañía no consiguen entender qué pasó, están confundidos, después empiezan a preguntarse si los poderes siniestros de los que estuvieron hablando hasta el cansancio, convocados por tanta insistencia en nombrarlos y representarlos, no habrán despertado de verdad y ahora vinieron a hacer acto de presencia o a pedir algún tipo de rendición de cuentas o vaya a saber qué cosa, en resumen que los mafiosos terminan convenciéndose de que es así, que eso es exactamente lo que se produjo, las fuerzas de lo oscuro están ahí, no en todas partes sino sólo en sus casas, por lo tanto a partir de este momento la Marisca y sus socios ya no pueden vivir en paz, están aterrorizados, se van convirtiendo en personajes raros, alterados, trastornados, nebulosos, extravagantes, estrambóticos, las relaciones con aquellas personas que tienen cerca se vuelven difíciles, me refiero a los familiares, los amigos, los socios, inclusive los vecinos, todo se recontrapudre alrededor de ellos, los malditos sufren de insomnio y tienen pesadillas espantosas y se despiertan aullando y pidiendo clemencia y así será cada día y cada noche, en los próximos meses, en los próximos años, por toda su existencia. ¿Qué les va pareciendo?

Vale y Leti se miraron con caras de no estar muy convencidas de la variante propuesta por Caro.

—A mí me parece más o menos —dijo Leti.

—A mí también me parece que más o menos —dijo Vale.

—¿Por qué más o menos? La historia es larga, con muchas aristas. Ustedes no tienen idea de la que se viene. No se imaginan lo que le espera a esta gente. ¿Sigo?

Leti y Vale no contestaron. De todos modos Caro no tuvo oportunidad de seguir. La gran puerta de la casona había comenzado a abrirse lentamente.

Capítulo 35

Se abrió la puerta de la casona, se asomó la mucama y comunicó que la señora saldría enseguida. Unos minutos después apareció la Mariscala y la gente se apretujó alrededor. Estaba muy arreglada por ser de mañana, como si se dispusiera a concurrir a una fiesta. Tenía un brazo vendado y en cabestrillo.

La mucama trajo una pequeña tarima y ayudó a la Mariscala para que subiera. Siguieron largos segundos de gran expectativa. La mucama volvió a entrar y regresó con una taza que quizá contuviera té y la Mariscala tomó un sorbo. Después anunció que haría un breve resumen de los hechos que venían castigando Los Aromos. Pero antes, si bien podía considerarse un dato de relativa importancia, creía justo informar a los queridos vecinos que durante todo ese tiempo tanto ella como el Coronel no habían descansado un segundo tratando de avanzar en las investigaciones sobre el flagelo que los acosaba. Infinidad de diligencias, diálogos telefónicos con personalidades especializadas, nacionales y del extranjero, noches en vela buscando respuestas, planes, estrategias, y siempre la angustiosa impotencia al no vislumbrar solución posible.

Alrededor el silencio era total.

Sin levantar la voz aunque con firmeza la Mariscala recordó las primeras señales de peligro y, paso a paso, cada detalle de lo ocurrido antes del ataque de la penúltima noche. Y mientras ella avanzaba en su exposición se percibió cómo volvía a proyectarse sobre la calle la sombra de las horas de zozobra y esa sombra enturbiaba la claridad de la mañana y un escalofrío de malestar recorría la multitud. La Mariscala hizo una pausa, dejó que el efecto se atenuara y luego su discurso se centró en la acometida final del enemigo, con la aparición de los besugos y el caballo que se había vuelto loco. Quería referirse a esos momentos porque consideraba que eran los más importantes de toda la triste historia que les había tocado vivir. A partir de este anuncio el tono de su voz fue aumentando y su actitud física también sufrió un cambio. Con cada frase, su figura, ahora muy erguida, crecía en fuerza y también en dignidad. Reveló que durante el ataque de aquella madrugada se produjo una situación que no quiso divulgar hasta considerar que había llegado el momento adecuado. Vale decir, dejar pasar un mínimo tiempo prudencial y asegurarse de que los resultados eran realmente los que ella suponía y esperaba. Se estaba refiriendo a su combate personal con los poderes que acechaban en la oscuridad. Una marca visible del enfrentamiento era el brazo que ahora llevaba en cabestrillo. En la mitad de esa noche la habían despertado el golpear furioso de las persianas de su dormitorio y los relinchos que llegaban desde la caballeriza. Se levantó de la cama y salió al balcón a través del agitarse enloquecido de las cortinas. Y entonces la embistió una fuerza tremenda que casi la derribó, un viento que era al mismo tiempo portador de frío y de calor, ráfagas heladas y ráfagas de fuego. Y todo acompañado por una confusión de gritos, chillidos, silbidos, susurros, ladridos, llamados, sollozos, carcajadas. Sí, también carcajadas. Feroces carcajadas. Ella alcanzó a tomarse de la baranda y pudo resistir. Aquel viento no cesaba, al contrario, aumentaba en intensidad segundo a segundo. Lo sentía agredirla por todos lados, por el costado derecho, por el izquierdo, golpearle el pecho, atacarla por la espalda. Ráfagas y ráfagas. Eran como mordidas. Era un gran puño que golpeaba y golpeaba, una mano enorme que intentaba arrastrarla y lanzarla por encima de la baranda hacia el jardín. Y mientras tanto ella podía percibir que más allá, alrededor, era una noche serena. Las ramas de los árboles del parque estaban quietas. En el cielo brillaban las estrellas. Sólo el balcón era un torbellino de violencia desatada, un nudo de aullidos escalofriantes. Ella lograba resistir milagrosamente. Por supuesto no gracias a su fuerza física. ¿Qué podría haber hecho su pobre fuerza física? No hubiese servido de nada contra semejante infierno. Los aliados que la sostenían eran la fe, la voluntad y el amor por su querido barrio, la preocupación por la seguridad de la gente de su amado barrio. Y sobre todo la certeza de que si ella caía, todo caería alrededor, porque esa noche ella había sido elegida para convertirse en la gran derrotada, en el ejemplo de la gran aniquilación. Aquél era el ataque final. Supo que ahí, en el balcón, se estaban jugando las cartas de una partida definitiva, que si lograba oponerse a ese último embate de los poderes malignos, si lograba plantarse con firmeza y cerrarles el camino, conseguiría hacerlos retroceder y vencerlos. Supo también que el precio por pagar podría ser muy alto, que esa noche hubiese podido pasar cualquier cosa, pero estaba dispuesta a todo, a cualquier sacrificio. Y mientras resistía, desafiante, repetía mentalmente en un grito sin voz: "Fuera, fuera, que se vaya esta fuerza siniestra de nuestro barrio, que retroceda, que se aleje y no regrese jamás".

Dicho esto, la Mariscala bajó la cabeza y permaneció en esa posición, aparentemente agotada. Era como si por segunda vez hubiese sostenido aquella batalla. La mucama le alcanzó la taza de té. En la calle, alrededor de la tarima, el aire estaba electrizado. Una oleada de sentimiento heroico acababa de contagiar y estremecer y paralizar a la gente. Las nenas sintieron ese sentimiento crecer alrededor y era algo tan palpable como una roca.

Alguien se atrevió a quebrar el silencio de aquel momento casi sagrado y levantó una mano:

—¿Puedo preguntar algo?

Un gesto de la Mariscala lo autorizó.

—De acá en más, ¿qué irá a pasar?

La Mariscala se tocó el brazo vendado y en cabestrillo.

—No va a pasar más nada —dijo—. Ganamos. Triunfamos.

Esas palabras sobrevolaron la calle como palomas de la paz.

Después de tomar otro sorbo de la taza que le ofrecía la mucama, la Mariscala, con voz más calmada, dijo que ahora cada uno podría pintar su propia puerta. Del color que más le gustara. No sólo sería una forma de borrar y enterrar bajo unas prolijas y enérgicas capas de pintura los espantosos momentos padecidos, sino que aquellas puertas impecables se convertirían en un emblema de la paz recuperada. Por lo tanto sugería que todo el mundo, ya mismo, pusiera manos a la obra. Y proponía además que se designara ese día como la Jornada de las Puertas Inmaculadas. Y año tras año, cada vez que llegara esa fecha, en cada casa, las puertas estarían adornadas con flores y guirnaldas, con coloridos y alegres recordatorios, y el barrio no sólo tendría un motivo más de festejo y celebración sino también su testimonio de comunión solidaria, de amistad, de buena vecindad, en fin, una demostración de que las nobles cosas de la vida prevalecen cuando hay intenciones sanas y corazones bien dispuestos, todo lo cual debía ser considerado como un tesoro invalorable teniendo en cuenta los tiempos que corrían, estas modernidades que separaban cada vez más a las personas, disgregaban a las familias, destruían los antiguos y elevados valores. Y los hijos de los hoy allí presentes, los nietos, las generaciones futuras, heredarían la fiesta y repetirían el saludable y alegre ritual de pintar sus puertas, y ese acto se prolongaría convertido en un símbolo único, un estandarte inigualable, porque, díganme, ¿qué hay más importante que el lugar de ingreso en una casa, el acceso al hogar, a la tranquilidad, al nido, que es al mismo tiempo la señal de la sagrada hospitalidad?

Y así continuó. Cada una de sus frases destilaba miel y optimismo, y era recibida por aplausos y gritos exaltados.

Las nenas estaban impresionadas por la capacidad de la Mariscala de montarse sobre el entusiasmo de su propio discurso y crecer y enardecerse. A tal punto impresionadas, que en determinado momento se preguntaron si la Mariscala no se estaría creyendo todo lo que decía. Porque era tanta la vehemencia de su voz y de sus gestos, su cara se ponía tan roja de fervor, que parecía absolutamente imposible que aquello no surgiera de una convicción auténtica, de que todo fuera un puro invento. Y hasta hubo momentos en que las nenas casi debieron hacer un esfuerzo para recordar que esa mujer era la misma que con su grupo de cómplices había estado confabulando para estafar y expulsar a toda la gente del barrio y quedarse con sus casas.

La Mariscala se permitió otro descanso.

Cuando una de las vecinas pidió y tomó la palabra, las pocas esperanzas que aún les quedaban a las nenas de que surgieran voces acusadoras se terminaron de esfumar. La mujer, después de desdoblar una hoja escrita a mano, leyó:

los vecinos allí presentes, en representación también de aquellos que debido a sus obligaciones no habían podido concurrir, venían a dar testimonio de su gratitud a la señora Mariscala por el inmenso apoyo espiritual recibido en esos días terribles y a rogarle que jamás los desamparara de su consejo y orientación para prevenir cualquier tipo de peligros futuros. Otra mujer desplegó un cartel que decía: *Viva la señora Mariscala, más Mariscala que nunca.*

Luego la Mariscala se despidió, bajó de la tarima, ingresó en la casa, la gran puerta se cerró y la gente, reunida en grupos, permaneció un largo rato comentando y después poco a poco se dispersó.

También las nenas se alejaron. Estaban furiosas y abatidas y anduvieron en silencio, caminando sin dirección. Leti fue la primera en hablar.

—¿Cómo es posible que la gente acepte y se someta con tanta facilidad y no se dé cuenta de nada?

—Lo único que hicieron fue ir a buscar a la Marisca y aplaudirla y pedirle consejos —dijo Vale.

—¿Cómo es posible que vayan a pedirles consejos justamente a aquellos que los quisieron estafar y robar? —dijo Caro.

—¿Nadie se puso a pensar que las casas de la Marisca, del Senador, del comisario, de las Santos, de la Nogaro y del dueño de la inmobiliaria son las únicas donde aparecieron los besugos y los gatos?

—¿Y que las cabezas de chivos eran diferentes, más grandes, cuatro cuernos, seis cuernos en lugar de dos, además de tantos otros detalles?

—¿Por ejemplo que la pintura era roja en lugar de negra?

—¿Y qué me dicen de las iniciales y los nombres en los dibujos?

—¿Y el caballo que se volvió loco?

—¿Y los fantasmitas colgados de los árboles en el parque de la Marisca?

—¿A nadie se le ocurrió pensar en eso? Las diferencias con el resto de las casas son bien evidentes. Cualquiera con dos dedos de frente podría haber empezado a asociar.

—Y además, que esas personas son amigas entre sí y concurren habitualmente a la casona de la Marisca y el Coronel.

—Ayer a la tarde, después de los besugos, todas fueron corriendo a reunirse con la Marisca.

—O sea que son cómplices.

—¿Qué más se necesita para deducir que se trata de un grupito unido que anda conspirando en la sombra?

—Con tantas evidencias resulta incomprensible que la gente no haya empezado a sospechar.

—Por lo menos una sospecha.

—Si uno solo hubiese señalado las coincidencias, los demás también se hubiesen puesto a pensar.

—Y el rumor hubiese empezado a correr y a todo el mundo se le podría haber iluminado la lamparita en el cerebro de que ahí estaban pasando cosas raras.

—Pero la cuestión es que ninguno vio nada, ninguno pensó nada, a ninguno se le ocurrió nada.

Volvieron a callar y anduvieron unas cuantas cuadras en silencio. Fue nuevamente Leti la que habló.

—Qué quieren que les diga, para mí las señales de que la Marisca y sus compinches son una banda de gente muy dudosa están tan a la vista, son tan claras, tan transparentes, que no nos queda más remedio que hacernos una pregunta.

—¿Cuál?

—¿No será que nadie quiere ver nada?

Siguieron caminando al azar, mientras masticaban cada una por su lado esa última reflexión acerca de la posibilidad de que nadie quisiese ver nada. Y a medida que avanzaban, montada sobre la anterior, poco a poco, fue tomando forma una pregunta nueva. Y la pregunta decía: "¿Cómo es la gente entonces?".

Capítulo 36

Ese día terminó sin otras novedades. La Nochebuena transcurrió en calma, hubo movimientos de vecinos por las calles tranquilizadas, y visitas y regalos y misa de gallo y cenas en los patios de las casas bajo el cielo estrellado.

El día siguiente, Navidad, también amaneció normal. Las nenas se encontraron después de los prolongados almuerzos familiares y fueron a sentarse en el escalón de entrada al jardín delantero de la casa de Leti. Estaban hablando de los regalos que habían recibido y de los parientes que habían ido de visita, cuando vieron a alguien que avanzaba desde el fondo de la calle, lejos todavía, y ese alguien era una figura alta y flaca y muy bien podría parecerse a Ángela y daba la impresión de que llevaba unos perros.

Las tres genias la descubrieron al mismo tiempo, no dijeron nada y tampoco se levantaron. Se quedaron donde estaban, atornilladas al escalón de mármol, como si las hubiese paralizado el temor de que cualquier movimiento, cualquier simple amague de movimiento, pudiese borrar, espantar, hacer desaparecer aquella imagen que por ahora todavía era una suerte de espejismo moviéndose allá al fondo en la fuerte luminosidad del día. Luego se pararon y fueron a su encuentro, primero caminando normalmente, después apurando cada vez más el paso y al final corriendo.

La última cuadra fue una carrera loca y cuando llegaron frente a la mujer se detuvieron y se quedaron observándola, esperando. Ángela también se había detenido y no hubo en ella nada, ni un mínimo gesto anunciando que fuera a decir algo. Estaba ahí con la misma actitud distante, con la misma calma e impasibilidad y expresión enigmática de la primera vez que la habían visto. Y esa mueca en la cara que podría haber sido un inalterable esbozo de sonrisa.

Permanecieron así, enfrentadas, en silencio. Las miradas de las nenas iban todo el tiempo de la cara de Ángela a los perros. No sabían qué hacer, no sabían qué decir. Estaban desconcertadas, conmovidas, a punto de explotar, pero contenidas todavía. Por fin se animaron, se agacharon y cada una abrazó a su cachorro y lo levantó. La señora Ángela había soltado las tres correas y ésta era una señal más que significativa de que la intención era devolvérselos.

Durante un rato las nenas se volvieron un poco locas bailoteando en la vereda y hablándoles a los cachorros. Después se detuvieron y volvió la situación de antes: ese extraño enfrentamiento silencioso con Ángela. Entonces Leti, repuesta de la sorpresa y la emoción, pronunció las primeras palabras:

—¿Cómo está, señora Ángela?

Ángela no contestó más que con un movimiento de cabeza, discreto, cortés, que supuestamente significaba que se encontraba bien.

—No sabe todo lo que la buscamos —dijo Caro, sólo para agregar unas palabras más.

Fue como si Ángela no la hubiese oído.

Vale, cautelosa, comentó:

—Los cachorros están lindos, se los ve muy bien.

Esta vez Ángela habló:

227

—Claro que están bien. Están tan bien como cuando me los llevé.

Y dio la sensación de que aquéllas eran frases definitivas, que con ellas se cerraba esa ceremonia de restitución.

La señora Ángela volvió a hablar:

—Me tengo que ir. Tengo mucho que hacer.

Leti sintió que era su obligación decir algo en un momento tan importante y buscó los términos adecuados para una buena despedida. Después de todo lo que había pasado en esos días no le parecía que correspondiese dar las gracias, aunque ahora, con su cachorro en brazos, lo que crecía en ella y hubiese querido expresar se parecía bastante a un sentimiento de gratitud. De cualquier manera no le salieron las palabras, quedó empantanada en el comienzo de una frase y ni Vale ni Caro acudieron a ayudarla. Ángela habló por tercera vez:

—Necesitaría que me devuelvan las carteras.

El pedido produjo un breve desconcierto. Muy breve.

—Sí, las carteras, por supuesto —dijo Leti.

—Son las últimas que me van quedando —dijo Ángela.

Las habían conservado y estaban las tres en la casa de Leti. Así que mientras Vale y Caro se quedaron junto a Ángela, Leti salió corriendo mientras gritaba:

—Ya vengo.

Unos minutos después regresó con las carteras.

—Acá están —dijo.

Ángela se las colgó del brazo izquierdo y se dispuso a marcharse. Entonces fue nuevamente Leti la que habló. No quería dejarla partir sin por lo menos intentar obtener una respuesta a la pregunta que las venía obsesionando desde la desaparición de los cachorros.

—Señora, nos gustaría que nos dijera algo, ¿por qué se los llevó?

Y acá, por primera vez, la señora Ángela pareció titubear un poco. Hubo una serie de gestos de las manos, expresiones de la cara, movimientos de la cabeza, que para las nenas no significaban nada y en realidad sólo parecían estar demorando la respuesta. Por fin dijo:

—Los vine a buscar porque jamás dejo de pasar en familia los días previos a la Navidad y sobre todo la Nochebuena.

Cuando Ángela pronunció la palabra familia las tres recordaron el semanario que les había mostrado el viejo Simonetto, la reproducción de la foto del diario italiano, la nena con el perro en brazos frente a la casa bombardeada y aquella frase: "Ahora mi perro es y será mi única familia". Y esperaron que Ángela ampliara su explicación y quizá contara algo de la historia de su vida.

Pero Ángela, al cabo de un breve silencio, como para que no quedaran dudas sobre lo que ya había contestado, sólo repitió:

—Esos días y esa noche siempre los paso con mi familia.

Y al decir esto estiró la mano y acarició las cabezas de los tres cachorros.

Después dio media vuelta y se marchó y las nenas la vieron alejarse con su aspecto curioso y digno, pisando cuidadosamente con sus zapatos de medio taco, y esa cara que no sonreía pero a la que era posible recordar con una sonrisa permanente.

Capítulo 37

Primero pasaron por la casa de cada una para anunciar la buena nueva de que había aparecido Ángela trayendo los cachorros. Después fueron a dar una vuelta. En las calles se respiraba el apacible clima navideño. Todo indicaba que pronto la vida del barrio volvería a encauzarse en los mismos carriles de rutina y tranquilidad de siempre, y los incidentes que habían alterado la paz y la seguridad se convertirían en anécdotas. Las nenas miraban a través de las ventanas y las puertas abiertas, saludaban a cuantos vecinos se cruzaban. Se detenían para jugar con algún nene que estaba en la vereda acompañado por su madre o su padre o sus abuelos. Y con cada frase intercambiada al pasar disfrutaban sintiendo que habían sido ellas las generadoras de ese pequeño milagro de serenidad recobrada. La presencia de los cachorros había borrado, al menos por un rato, la frustración del día anterior, la evidencia del sometimiento de la gente ante el discurso y el poder de la Mariscala.

Recorrieron cada uno de los sitios por los que se habían aventurado en sus incursiones nocturnas. Y a medida que avanzaban les explicaban a Drago, Nono y Piru las proezas realizadas. Les señalaban las puertas que habían pintado, los sitios donde habían colocado los besugos y los gatos, el muro por donde habían trepado para dejar los fantasmas colgados de las ramas y hacerle la visita al caballo de la Mariscala. Aquéllos eran testimonios de una historia que únicamente ellas podían contar, que nadie más conocía. Volvían a sentirse felices y orgullosas, triunfadoras y justicieras. Y más genias que nunca al considerar de qué manera ellas solas habían conseguido frenar a los facinerosos de la banda de la Mariscala y evitado que la gente se viera expulsada de sus casas. Mientras duró aquel estado de ánimo el paseo fue una fiesta.

—Éste es un gran día y estamos muy contentas —gritaba una.

—Éste es un gran día y estamos muy contentas porque nos lo merecemos —gritaba otra.

—Nos lo merecemos porque actuamos con mucha astucia y mucha inteligencia y mucha valentía.

—Y actuamos con mucha astucia y mucha inteligencia y mucha valentía porque somos unas genias.

—¿Sabías, Drago, que tenés una patrona que es una genia?

—¿Tenías idea, Nono, de que tu patrona es una genia total?

—¿Te hubieses imaginado, Piru, que tu patrona es una supergenia?

—Vamos, Drago.

—Arriba, Piru.

—Rápido, Nono.

Repetían las mismas frases una y otra vez mientras corrían en el sol y los cachorros les saltaban alrededor. Así anduvieron hasta agotarse y finalmente se sentaron a descansar sobre un muro bajo, agitadas, respirando fuerte y poco a poco se fueron apaciguando.

Desde donde estaban sentadas veían, a cien metros, en diagonal, la casona de la Mariscala y el Coronel. Y mientras la miraban, algo comenzó a variar en su humor. Volvió la figura de la Mariscala pronunciando su discurso, la multitud llenando la calle y los aplausos y los agradecimientos. Las genias percibieron cómo su alegría se opacaba. Luego la alegría se extinguió por completo y sólo quedó el mismo estupor y el mismo desencanto del día anterior, cuando se habían marchado de ahí.

Se mantuvieron en silencio, oprimidas por el peso de ese malestar, los ojos fijos en la casona. Pensaron en las casas del Senador, de las Santos, de la Nogaro, del comisario, de Méndez, del sacristán. Y en el barrio entero alrededor, con sus habitantes que no habían visto nada o no querían ver. El día de las genias acababa de cambiar. A medida que pasaban los minutos estaban cada vez más abatidas. Leti percibió la situación y exclamó:

—Maldición.

Y después:

—¿Qué nos pasa que de pronto estamos tan desanimadas? Éste es nuestro gran día. Hicimos todo bien. Recuperamos los cachorros. ¿Qué nos pasa?

Lo dijo con rabia. Vale y Caro no le contestaron.

Al cabo de un rato, Leti, reflexionando en voz alta, hablando para sí misma pero también para las amigas, empezó a desarrollar un balance de lo que habían vivido. La intención evidente de su relato era tratar de que se sacudieran de encima la sensación de agobio, afirmarse en los detalles positivos de aquella larga aventura, poner en primer plano lo bueno que habían logrado, lo audaces que habían sido, y recuperar la explosión de entusiasmo de momentos antes.

En la quietud de la hora, la voz de Leti, ahora pausada, medida, pasó de la simple enumeración de los hechos a elaborarlos como una fábula, una historia fantástica y ajena, que les hubiera ocurrido a otras nenas. Tres nenas que eran y no eran ellas. Y esos tres personajes, proyectados hacia un tiempo pasado y lejano, adquirían en el relato una dimensión de leyenda, a la manera de las gestas de los caballeros andantes sobre los que Leti, Caro y Vale habían leído en algunos libros. Pero que en este caso no eran guerreros cubiertos de relucientes armaduras, imbatibles en el manejo de la lanza y la espada, sino tres heroínas, sin otras armas que su sagacidad y su coraje, embarcadas en una estupenda, gloriosa empresa, originada a partir de la desaparición de tres cachorros, con las investigaciones a las que se habían arrojado para recobrarlos, los enemigos poderosos y despiadados confabulando en las tinieblas, la lucha sin cuartel, las estrategias temerarias urdidas por esas nenas increíbles, la exitosa embestida del combate final que había vuelto a poner las cosas en su sitio. Y allá estaban finalmente las tres heroínas, dueñas de la situación, instaladas en el centro del campo de batalla, dominándolo, enarbolando la bandera de la victoria.

Así, con esa imagen triunfadora, culminaba la historia de Leti. Aunque, cuando calló, se produjo un nuevo y prolongado silencio nada alentador. Pese a las heroínas y sus hazañas, pese a la bandera ondeando en el viento, la desazón no desaparecía. La fachada de la casona de la Mariscala seguía ahí. Y permanecía el desconcierto que les había producido presenciar la sumisión de la gente. Y entre tantas imágenes volvía también la del día del acuerdo ante la posibilidad de que Sandoval, al hacerse cargo de pintar las puertas, resultara el único perjudicado en caso de que hubiera realmente peligro: un sacrificio de Sandoval aceptado por unanimidad. Y la enorme burla de la urna para las donaciones donde los sobres resultaron rellenos con recortes de diarios.

Los sentimientos de incredulidad e indignación que ya

habían experimentado en su momento regresaban en oleadas más y más fuertes. El relato de Leti, que debería haber funcionado como estímulo para seguir con el festejo por el regreso de los cachorros, desembocaba en un efecto contrario: la frustración. Y todo el tiempo reaparecía la pregunta que se les había insinuado el día anterior, después del discurso de la Mariscala: ¿Cómo era la gente entonces?

Igual que tantas veces, cuando habían necesitado una respuesta, se encaminaron a buscarla entre las ramas de la magnolia.

Capítulo 38

Serias, pensativas, tardaron en emitir su fórmula para convocar a Kivalá. Era como si la pregunta que rondaba en sus cabezas ocultara algo a lo que no se decidían a arriesgarse. Como si esa pregunta las empujara hacia un territorio en el cual quizá no quisieran incursionar. En esta oportunidad no le pusieron nombre a la plataforma. Por fin se hicieron una seña y una vez más las tres juntas dijeron:

—*Ciatile Naliroca Rialeva.*

Y como siempre, ahora acariciando los cachorros, esperaron la llegada de Kivalá. Pasaron los minutos. Guardaban silencio, mirando frente a sí, los oídos atentos. Pero por más que prestaran atención no percibieron señal alguna allá arriba, en lo alto de la magnolia. Nada de rumor de hojas, nada de luz filtrándose.

Entonces ocurrió algo. Fue como si el aire se enturbiara y una fuerza las arrebatara y las llevara lejos. Y cuando aquella fuerza las soltó ya no había plataforma ni magnolia. No podían definir dónde estaban ni qué cosas las rodeaban. Tenían conciencia de encontrarse ante un gran espacio abierto, sobre una zona elevada desde donde dominaban una llanura que se perdía en la nada del fondo, contra una barrera de cielo a franjas verdes y blancas. En el centro de aquella extensión, ni lejos ni cerca, se levantaba una montaña aislada, cónica, con forma de volcán. Tanto en el llano como en aquella elevación solitaria, las formas y los colores eran inciertos, velados por un vapor estático, de una luminosidad submarina, sin reflejos ni sombras.

Luego, poco a poco, pudieron definir algunos detalles a través de la opacidad de aquel aire de vidrio. Vieron viviendas aisladas. Chicos en los patios, animales domésticos, arneses de labranza, ropa tendida. Y alrededor tierras de cultivo, caminos, un arroyo, un puente de madera y muy al fondo una línea de árboles bajo aquel cielo blanco y verde.

La elevación cónica era oscura, casi negra, y se destacaba en esa claridad acuática. La parte superior, la cima, daba la impresión de algo despedazado por la furia de una gran mano que se hubiese ensañado convirtiéndola en un amasijo de aristas y jirones y formas colgantes.

Descubrieron un sendero que iba en zigzag desde la base hasta la cima. Y que por ese sendero subían pequeñas figuras en espaciada fila india. Pese a la distancia y aquella luz turbia, lograron distinguir que se trataba de hombres y mujeres. La marcha era lenta y cada figura cargaba un bulto. Encorvadas hacia adelante, con esos bultos a manera de joroba engordándoles las espaldas, tenían el aspecto de escarabajos desplazándose sobre las patas traseras. Los que llegaban a la cima se perdían entre la maraña de aristas rocosas. Arriba se elevaba una sospecha de humareda.

Entonces en aquel ambiente enrarecido resonó una voz que decía:

—Observen bien, observen bien.

Aunque nunca la habían oído, las nenas supieron que se trataba de la voz de Kivalá. Esta vez su presencia no era un estímulo mudo alimentando sus fantasías, ordenando sus palabras para el desarrollo de las fábulas. Ahora era realmente una voz —calma, amable— y se manifestaba no sólo dentro de ellas sino también envolviéndolas, ocupando todo el espacio que las contenía.

—Observen bien, observen bien —repitió.

Y las nenas observaban, subyugadas, el trabajoso desfilar hacia arriba. En el paisaje velado, esa procesión de imágenes encorvadas les transmitía la sensación de un castigo, de una sumisión resignada, la sugerencia de una condena.

De nuevo:

—Observen bien, observen bien.

Hubo un largo silencio. Después la voz de Kivalá contó la historia del lugar.

Aquélla era una comarca como tantas, tierras cultivables y gente que las trabajaba. Arriba, en la montaña puntiaguda y aislada, vivía un grupo de elegidos. Cumplían la función de guardianes, servidores, portavoces, embajadores del ídolo protector de la comarca. El ídolo era una alta roca con formas vagas de animal, mono, gato, que exhalaba humo por la boca, por los ojos y las orejas. Al ídolo había que alimentarlo, agasajarlo y calmarlo, tanto para seguir conservando su favor como para evitar su furia. Los de abajo, después de cada cosecha, debían subir buena parte de lo cosechado hasta la cima para rendirle tributo. Si se mostraban perezosos en el cumplimiento de sus deberes, los de arriba reaccionaban y se ponían violentos. Podían ser bien crueles cuando hacía falta. Una eficaz manera para administrar la relación con los de abajo era una planificada y sostenida instalación del miedo. Y aplicaban el método con prolijidad. De tanto en tanto bajaban al llano y usaban el látigo. Un látigo de siete puntas. Para que nadie se olvidara de cuál era su obligación. De todos modos los de abajo eran o habían terminado por convertirse en gente de naturaleza obediente.

Hasta que una noche ocurrió algo extraordinario. La tierra tembló y sobre la montaña se produjo una gran explosión. Después, durante días, allá en la cima sólo hubo fuego y humo. Poco a poco la humareda se diluyó y cuando finalmente los de abajo se animaron a subir pudieron comprobar que arriba no quedaba nada de nada, ni siquiera el ídolo. Se encontraron con un gran cráter sin fondo del que seguían emanando vapores. Los habitantes de la comarca cayeron en el desconcierto total. Anduvieron un tiempo perdidos. Cavilaban en soledad o hablaban entre ellos de noche alrededor del fuego. Eran como chicos desamparados. Eran como huérfanos. No sabían qué hacer. Quizá ya no pudiesen prescindir de la sumisión a la que estaban acostumbrados, de la humillación, inclusive era posible que extrañasen el látigo de siete puntas. Vaya a saber. La cuestión es que después de mucho ir y venir, de subir y bajar, de pensar y discutir, dentro de sus cabezas comenzó a gestarse una sospecha que poco a poco se convirtió en certeza: la tremenda explosión había sido provocada por el ídolo protector para liberarlos de la tiranía de los de arriba. Por lo tanto debían seguir rindiéndole tributo y subir como siempre parte de lo cosechado a la cima. Y ahora que el ídolo estaba en el fondo del cráter, echar ahí adentro lo que subieran. Aquella propuesta fue aceptada por todos porque era tranquilizadora y de nuevo los sometía a una obligación y los arrancaba de esa soledad, de esa orfandad a que habían sido arrojados desde el gran temblor y la explosión. Lo mismo que antes, volvieron a remontar puntualmente la cuesta. Y dio comienzo esta nueva etapa de la lenta peregrinación. Y así seguirían por lo años de los años y sus hijos repetirían la ceremonia y la repetirían sus nietos.

Hubo una pausa. Las nenas indagaban la llanura, indagaban la montaña y esperaban. Y llegó el remate del relato con una reflexión final. Faltaba saber, dijo la voz de Kivalá, si ahora que no existía ningún tipo de control, no se habría impuesto la modalidad de trampearse unos a otros, y aquello que contenían las bolsas cerradas era parte de la cosecha de cada uno o solamente basura, tierra, hojarasca. ¿Qué llevaban en realidad dentro de las bolsas que tiraban en el cráter?

Y repitió una vez más:

—Observen, observen bien.

Calló y ya no volvió a dejarse oír.

Las nenas siguieron ahí, hipnotizadas por aquella visión de insectos penosos que serpenteaban hacia arriba. Allá al fondo, en la llanura, los árboles y los arbustos se movieron en un anuncio de viento, luego se formó un gran remolino de polvo, el remolino llegó hasta donde estaban ellas, las envolvió en un vertiginoso tirabuzón, las arrebató y de nuevo se encontraron entre las ramas de la magnolia.

Capítulo 39

Permanecían sentadas en la posición de siempre, los cachorros en el medio. Más allá de las grandes hojas verdes se percibían el sol y la paz del día, pero ellas continuaban cargadas de todo aquello que habían vivido en su viaje vertiginoso. Pasaba el tiempo y aquella llanura, la montaña, el desfilar de figuras trepando por el sendero en zigzag hacia la cima, la historia narrada por la voz que había hablado en ellas, seguían ahí. Y seguía la sensación angustiosa de encontrarse todavía ante la manifestación de un lento, constante e inacabable drama. Seguía la alusión a las bolsas conteniendo basura que las había remitido a los sobres con papeles de diarios en la colecta para Sandoval. Y también seguía, resonándoles con fuerza en los oídos, la permanente exhortación de Kivalá: "Observen bien, observen bien".

Todo eso estaba ahí, acosándolas, invadiendo este territorio suyo de ramas de magnolia y sombra protectora y seguridad. Se mantuvieron un tiempo largo calladas, acariciando las cabezas de sus perros. Se esforzaban por llevar a cabo un balance, por ordenar, por entender. Pero sólo lograban vislumbrar ideas fragmentadas desfilando por sus mentes en un galopar confuso. Nada que pudiera traducirse en pensamientos concretos.

Luego arriesgaron las primeras palabras. Como siempre fue Leti la que arrancó.

—¿Qué vimos? —preguntó.

240

—Yo por ahora sólo sé que vi algo que hubiese preferido no ver —dijo Caro.

—A mí me quedó la impresión de haber presenciado algo que ya conocía y no sabía que conocía —dijo Vale.

Y así siguieron, a tientas, frase a frase, sumando conclusión sobre conclusión, tratando de encontrarle sentido a aquella experiencia. Se comunicaban a media voz, murmurando, como si temieran. La historia que intentaban desentrañar estaba hecha de palabras que eran más grandes que ellas. Palabras que seguramente habían oído o leído muchas veces, pero que hasta ahí no habían tenido oportunidad de aplicar o no hubiesen sabido aplicar. Palabras cuyo alcance sólo ahora comenzaban a intuir, cuya dimensión sólo ahora las tocaba. Y, con cada palabra, la sensación era la de ir abriendo puertas, que las palabras eran en sí mismas una sucesión de puertas y que, cruzados los progresivos umbrales, se cerraban a sus espaldas y ya no permitirían el regreso. Y aparecieron palabras como desprecio, deslealtad, corrupción, esclavitud, muchas otras. Al pensarlas, al susurrarlas, les parecía ir entendiendo que las palabras eran una gran fuerza, a veces positiva, a veces negativa, que les otorgaba peso y medida a todas aquellas cosas que las estaban esperando más allá de la magnolia.

La experiencia de aquella llanura y su montaña se había ido fundiendo con los últimos acontecimientos que habían perturbado el barrio. Las nenas repasaban las jornadas transcurridas, recorrían mentalmente las calles, las esquinas, los árboles, las casas, las puertas, cada rincón de Los Aromos. Y lo que sentían subir desde todas partes era la percepción de una forma de violencia. Una violencia contenida, solapada, disfrazada. No se trataba sólo de un grupo conspirando en la noche, de intrigas urdidas por unos pocos en perjuicio de muchos. Se trataba de algo más grave, una complicidad general para la hipocresía, donde todos estaban enrolados. Intenciones oscuras y odios y envidias y rencores e indiferencias y bajezas y cobardías y traiciones. Más palabras y palabras. Una batalla callada que se había desarrollado a su alrededor y se seguía llevando a cabo, y donde las embestidas eran asimiladas con el disfraz de una simulada cordialidad. La evidencia de esa batalla o como se la llamara, aquel torbellino de imágenes, las palabras que las definían, iban aclarando cada vez más, iban otorgándole un sentido nuevo a la lección de los días que acababan de pasar, los días y las noches, con el miedo instalado en las casas, el silencio y la pasividad de la gente, la complicidad para la condena de Sandoval, tantas y tantas y tantas cosas, y al final —al declararse desde la tarima frente a la casona la derrota del enemigo que los había torturado—, esa obsecuencia general con la Mariscala, la dependencia, la ceguera ante los engaños, la aceptación de la humillación. En resumen, la nube negra que ahora sobrevolaba todo, la mancha que infectaba todo —de pronto las nenas creían entenderlo—, tenía raíces hondamente arraigadas, había estado siempre ahí, antes de que estos últimos acontecimientos comenzaran, antes de las puertas pintadas, y continuaría estando.

Igual que la avalancha de palabras nuevas, también todas estas ideas eran más grandes que ellas. Llegaban desde alguna parte y se instalaban. Las nenas habían partido buscando una respuesta a la pregunta: ¿cómo es la gente? Ahora sabían que el territorio visitado y del que acababan de regresar —llanura y montaña— era una representación de esto que las rodeaba, una proyección de lo percibido en su propio barrio, un espejo. Eran una misma cosa. No existía diferencia entre aquellas figuras encorvadas que trepaban penosamente, que idolatraban, y estas otras que se desplazaban por las calles ahí abajo, más allá de la reja del jardín. Unas y otras estaban formadas para el sometimiento. Unas y otras, necesitadas de permanecer bajo el peso de alguna forma de poder, presente o ausente, visible o invisible, negándose siempre a la posibilidad de manejarse en libertad, de decidir por sí mismas. Allá en la llanura y acá era una similar vocación a vivir dominados.

Entonces, ¿cómo era la gente? Ya tenían la respuesta. Estaba ahí, delante de sus ojos, bien a la vista. Las nenas intuyeron que a partir de ese momento esa respuesta formaría parte de sus vidas. Y su presencia comenzaba a pesar sobre ellas con el murmullo insistente de una vaga y creciente amenaza.

Capítulo 40

Como había ocurrido siempre que se reunían en la plataforma, concentradas en cualquier tipo de dudas o problemas, importantes o triviales, casi no necesitaban hablar para saber qué pensaban y sentían una y otra. En la calle sonó un bocinazo. Luego oyeron una voz que gritaba un nombre y otra que le contestaba. Un grupo de chicos pasó corriendo por la vereda. En el extremo del jardín se abrió una persiana y vieron a la madre de Leti que movía unas macetas. Bastaron esas imágenes y esos sonidos para advertirles que se había producido un cambio en su relación con lo que se movía más allá de su reducto aéreo. Con anterioridad a este día, lo que vivía cruzando los confines se mantenía a distancia, las cosas de afuera no tenían permiso para ingresar. La plataforma había sido un sitio inviolado, un bastión seguro. Pero ahora la fortaleza acababa de ser tomada por asalto, comenzaba a ser invadida y vulnerada. Así la percibían: agrietada, herida, perdiendo su privilegio de altura y de abrigo. Seguían ahí, en el refugio amigo, al amparo de las fuertes hojas de la magnolia, y sin embargo ya nada era igual. De pronto ya no se sentían ubicadas por encima de todo el resto, observando desde arriba. Casi no había diferencia de niveles entre ellas y lo otro. Les parecía que un murmullo insistente rondaba las ramas, acosándolas, intentando arrastrarlas: "Abajo, abajo, más abajo".

Había en el aire una evidencia que dolía. Supieron que

Kivalá ya no regresaría. Que los días de Kivalá se habían terminado. A partir de ese momento si querían inventar fábulas deberían hacerlo por sí mismas. Estaban solas para esa tarea.

Y se sucedían más deserciones en el pequeño universo de la plataforma. Una parte de ellas mismas parecía a punto de marcharse junto con todo aquello que comenzaba a escapárseles. En realidad era como si estuviesen por ser expulsadas de algo. Aunque no podían saber de qué eran expulsadas, de dónde. Y con esa pérdida, al mismo tiempo, tomaban conciencia de que una cosa nueva se les iba incorporando y las contaminaba. Pero también esta suerte de contaminación carecía de forma y de nombre, resultaba imposible de identificar. Alcanzaban a sentir, eso sí, que era algo similar a una responsabilidad, un compromiso, y que de ahí en adelante deberían hacerse cargo. Que esa adquisición tenía un precio. Que lo estaban comenzando a pagar. Y que nada iba a ser fácil ya. Era como si hubiesen crecido de golpe. Era como si estuviesen cambiando de piel. ¿Y si realmente habían crecido? ¿Si lo que ocurría era que estaban siendo llevadas a recorrer el camino que las convertiría en aquello que era la gente? ¿Sería eso? ¿Estaban siendo empujadas, arrastradas en dirección a ese sendero?

Siguieron pensativas durante un tiempo.

Hasta que Caro preguntó:

— ¿Y ahora?

Tampoco esta vez hizo falta aclarar. Las otras dos supieron a qué se refería. La pregunta sintetizaba el estado de ánimo de las tres, lo que cada una estaba percibiendo y elaborando. De nuevo callaron largo rato.

En el silencio surgió la voz de Leti.

—Resistir —dijo.

Otra palabra nueva que era más grande que ellas y que hasta ese momento no hubiesen sabido aplicar. Otra palabra que les llegaba vaya a saber de dónde. La palabra, aunque pronunciada en voz baja y calma, resonó con fuerza entre las ramas. Y era como un escudo protector contra el desconcierto y la amenaza que habían comenzado a acosarlas después de su viaje a una forma de conocimiento, después de haber encontrado la respuesta que habían ido a buscar con respecto a cómo era la gente.

Capítulo 41

Apenas Leti pronunció la palabra resistir, algo sucedió. Una bandada de estorninos invadió la magnolia. Eran cientos. Encima y alrededor de las nenas, durante largos minutos, la magnolia fue pura actividad: pequeños cuerpos oscuros saltando de rama en rama, asomando detrás de cada hoja. La magnolia se había convertido en un surtidor de trinos.

Las genias sorprendidas, encantadas, subyugadas, permanecieron quietas rodeadas por ese parloteo. No se animaban a moverse para que nada se alterara. Estaban dentro de aquel gran festejo y se miraban y en sus miradas había sorpresa y asombro y deleite. Aquello era un agasajo y un asentimiento, un alivio, una compensación. Y el agasajo mitigó toda posible pena.

Hasta que, como respondiendo a una señal, en un repentino, atropellado, simultáneo batir de alas, los estorninos abandonaron la magnolia y volaron hacia la dorada luz del mundo.

Palma de Mallorca 2004
Buenos Aires 2005

Esta edición de 3.000 ejemplares
se terminó de imprimir en
Indugraf S.A.,
Sánchez de Loria 2251, Bs. As.,
en el mes de junio de 2005.
www.indugraf.com.ar